AF370317

وهكذا حدث

دار حروف منثورة للنشر والتوزيع

الطبعة الأولى

الكتاب: وهكذا حدث

المؤلف: عمر عزون

تصنيف الكتاب: قصص

تصميم الغلاف: فريق الدار

تنسيق داخلي: فريق الدار

مراجعة لغوية: فريق الدار

رقم الإيداع: ٢٠٠٣٢/٢٠٢٢م

مؤسس الدار

مروان محمد

Website: https://horofbooks.com

Fan page: http://facebook.com/horofsbooks

Email: info@horofbooks.com

هاتف جوال: ٠٠٢٠١١١٣٠٠٦٢٩٦ ــ هاتف جوال: ٠٠٢٠١٠٦٤٠٥٤٩٩٥

دار حروف منثورة للنشر والتوزيع لا تتحمل أي مسئولية اتجاه المحتوى الذي يتحمل مسئوليته الكاتب وحده فقط وله حق استغلاله كيفما يشاء سواء بالنشر مع الغير أو بأي وسيلة أخرى.

وهكذا

حدث...

مجموعة قصصية

عمر عزون

إهداء

هذه الكتابات مهداة لشخصياتها الرئيسية
ولك أيها القارئ فقط.

مقدمة

بدون مقدمات، سأتركك لتستمتع بقصص أنت شخصيتها الرئيسية. لا تنتظر أن تمم هذه الجملة، اقلب الصفحة.

اليوم وأنا جالس في المقهى، أحتسي فنجان قهوة سوداء وأضع أمامي كتاباً أقرأ بعض سطوره من حين لآخر وأشاهد لقطات من التلفاز أمامي، أظنها مباراة كرة قدم في الدوري الإنجليزي لكن لم أنتبه أي الفرق تلك التي كانت تخوض المباراة.

كنت في غالب الأحيان أسهو بخيالي بعيدًا على كل ما حولي من ضجيج كؤوس القهوة وقنينات المشروبات الغازية التي تقرع من حين لآخر على طاولات الزبناء وأحيانًا تصفيقهم للخادم الذي كان يلبس بدلة باللون الأبيض والأسود كما اعتدت أن أراها في مقاهي النبلاء، والضجيج الذي يحدث من طرف محركات السيارات أمامي على الطريق. على أي، كانت هناك ضوضاء من هنا وهناك، كنت أنتبه إليها كلما عدت من سفر ذاكرتي الذي يطول أحياناً إلى أن أشعر بالملل.

في لحظة، جلس بجانبي رجل في متوسط العمر، شارب قصير ولحية سوداء، يرتدي جاكيت سوداء جلدية وسروالًا من الجين الأزرق، وكان يرافقه طفل صغير، كما يبدو أنه ابنه، كانت السعادة تغمر وجه هذا الطفل كأنه يرافق بطله. كنت أراقبهما بدون شعور وفي لحظة سهو رحبت بهما بابتسامة خفيفة، وأشرت لهما بحركة تدل على أنه ليس هناك مانع في الجلوس بجانبي. بعد أن طلب لنفسه فنجان قهوة خفيفة مع حبتين من السكر وطلب لابنه قنينة

مشروب غازي صفراء، بدأ ذلك الشخص في الحديث معي، حيث قال لي: حرارة اليوم مرتفعة.

أجبته: نعم، مرتفعة جداً.

ثم صمت قليلاً واستأنف كلامه: لا نعلم كيف سيكون مناخ الأيام المقبلة؟

رددت عنه: في الحقيقة، لا فكرة لدي. كنت أجيبه باختصار واكتفي بتعزيز كلامه. بعد ذلك غيرت وجهتي للحديث مع الطفل الصغير، سألته عن اسمه وعن عمره ومستواه الدراسي، كان متحمسًا في الإجابة كأنه فرخ خرج للتو من غشاء البيضة ويريد الطيران من الوهلة الأولى. علمت من إجاباته أن اسمه علي، وعمره ١١ ربيعًا وسيدرس الموسم المقبل في السادس ابتدائي. سألني هو كذلك عن اسمي وماذا أدرس، فأجبته عن أسئلته. أعجب بكوني سأدرس مادة الفيزياء، وأخبرني أنه يحب الفيزياء، سألته متعجبًا وماذا تعرف عن هذه المادة وأنت ما تزال في هذا العمر، أجباني أنه يعرف بعض الأمور من خلال اهتمامه بها عن طريق بعض القنوات التلفزية وكذلك هاتف أخيه الأكبر.

طيب، ماذا تعرف؟ جذب اهتمامي كثيرًا إليه وبدأت أطرح عنه أسئلة تخص الفيزياء، يبدو أنه يطمح لمعرفة المزيد عنها وبدأ يخبرني أنه لم يفهم بعد كيف يكتشف العلماء بعض الكواكب البعيدة وكذلك تحدث لي عن كروية الأرض والجدال القائم على صحة هذه "الحقيقة"، كما أنه ما أثار تعجبي أكثر حينما أخبرني عن إشكالية "الشق المزدوج" والتي لازال علماء الفيزياء

يبحثون عن تفسير لها. في الحقيقة، انبهرت كثيراً لوجود طفل في هذا العمر ويعرف الكثير عن هذا العلم رغم أنه يفوق مستواه الدراسي بكثير في الوقت الذي يمكن أن نجد طلبة فيزياء أنفسهم لا يهتمون ببعض المواضيع العلمية والإشكالات القائمة في الفيزياء.

في الأخير، قدمت له عدة نصائح للاهتمام بدراسته في القسم أولاً وأن يزيد اهتمامه بهذا العلم، ولكن بشكل تدريجي، نصحته أيضاً بالاهتمام باللغة الانجليزية لكونها لا تدرس في المدارس العمومية هنا في أغلب المناطق بشمال المغرب.

في كل هذا الوقت، كان والده يمسك هاتفاً في يده ويتصفح الفايسبوك وما شبه ذلك من مواقع التواصل. تحدثت مع والده بخصوص هذا الكم الهائل من المعلومات وأخبرني هو أيضاً أن ابنه يقوم أحياناً بصناعة بعض الألعاب لنفسه عن طريق فتح ألعاب يشتريها له ويستعمل أيضاً في ذلك الكارتون وما إلى ذلك من الوسائل التي تساعده.

الشيء الذي جعلني أعجب بهذا الولد، كون أغلب الاطفال اليوم لا يهتمون سوى بالألعاب الالكترونية على هواتفهم أو هواتف آباءهم وبالأشياء التي لا قيمة لها في حياتهم.

علموا أبناءكم أن العلم هو مولد الحضارات.

وهكذا

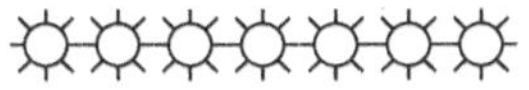

استيقظت صباح أحد الأيام الصيفية، كنت أعلم أنه آخر صباح لي فقررت أن أعد لنفسي فطورًا يليق بي، فطورًا أخيرًا ربما أتذكره في الحياة الأخرى. استمتعت بالأكل على موسيقى هادئة اعتدت على سماعها كثيرًا بدون أن أعرف من نظم حروفها، المهم أنها كانت تشبع روحي. نظفت أسناني واخترت أفضل الملابس التي أمتلكها. حلقت شعري وذهنته بقليل من الزيت كما كنت أفعل عندما يكون لي موعد مهم في العمل. خرجت لأطل على المدينة لآخر مرة.

ذهبت لبعض الأماكن التي كنت أعتبرها مساكن، مساكن الروح. دخلت مقهى في آخر الشارع وسط المدينة، في البداية ترددت في دخوله لخوفي من تذكرة فنجان القهوة فيه، طلبت عصيرًا بخليط من الفواكه وبعدها فنجان قهوة مر المذاق فربما لن يزول مذاقها في العالم الآخر. مر بعض الوقت وأنا أستمتع بشرب القهوة ومرور بعض السيارات أمامي كما أني كنت أحياناً ألقي بعض النظرات لهؤلاء الأغبياء على التلفاز في مستطيل أخضر.

لم أنتبه إن كان هناك شخص معي في المقهى فقد كنت أشعر أن المقهى في خدمتي أنا فقط. بعد أن أنهيت شرب القهوة، وضعت ورقة المائتي درهم على الطاولة وخرجت بدون أن ألتفت ورائي. سرت على الرصيف طوال الشارع، حتى وصلت لآخر

نقطة كانت تؤدي مباشرة للشاطئ، أردت أن ألقي آخر نظرة على البحر. استمتعت برائحة البحر وصوت الأمواج وهي تلاطف الرمال الصفراء وبعدها اتجهت لأقرب حمام، أردت أن أسافر الى الحياة الأخرى دون أن أحمل معي وسخ هذه الحياة ولا رائحتها الكريهة.

لم يتبق لي سوى العودة إلى المنزل، الى غرفتي، بين الجدران الأربعة. كنت قد وضعت المشروب الذي سأسافر به على رف صنعته لأضع عليه أدوات النظافة.

علمت أنها الدقائق الأخيرة لي في هذه الحياة اللعينة، أردت أن أغمض عيناي حتى لا أرى معالم هذا العالم، لكن لم أستطع، بدأت أتذكر الماضي والأصدقاء وإنجازاتي في الدراسة والعمل، لم أستطع السيطرة على ذاكرتي، بدأت تخونني وتعود بي إلى اللحظات الجميلة التي عشتها.

أغمض عياني وأضع يداي على أذناي بدون جدوى، كم كانت الحياة جميلة، حتى تلك اللحظات التي كانت سيئة بدأت أتخيلها أنها هي من منحتني الشعور بالسعادة بعد اجتيازها، لا شيء يساعدني على حمل حقائبي، كل شيء يشدني لأبقى، يجذبني إلى الجلوس. بدأت أفقد السيطرة على حافلة السفر وبدأ الوقت يمر والقطار سيذهب دون أن يحملني ... إن الحياة حقاً جميلة ولا شيء سيدفعك للسفر منها إلا إذا وضعت نفسك على باب القطار ودفعت بها في لحظة من الثانية رغم ذلك ستندم في وقت أقل قبل الدخول الى عربة القطار.

لا أحد يشعر بجمالية الحياة حتى يبدأ بالاستعداد للسفر منها. سنبقى، نعم، سنبقى حتى يريدنا الله أن نسافر إليه حينها سنكون سعداء...

وهكذا

في مساحة خضراء متوسطة، بجوار سوق مغطى، تجلس العديد من الأجساد مختلفة القامة والجنس، نساء ورجال، أطفال وعجائز، عائلات والبعض يجلس منفرداً. أنا أجلس بجانب شجرة وحيدة الساق وتقبع فوقي أوراقها الخضراء، أضع سماعات في أذني، أستمتع بكتاب مقروء لمخائيل نعيمة.

هنا الكل يستمتع، الكل بدون استثناء، أمهات تستمتع بسعادة أطفالهم الذين يحاولون الوقوف بصعوبة ويسقطون على العشب الأخضر كلما استقاموا في الوقوف، وهم أنفسهم يستمتعون بضحكات أمهاتهم وبرطوبة العشب الأخضر. نساء تسترسل في الحديث بينهن حيث تحذّر أطفالهم من الابتعاد ويبدو أنهن يتحدثن عن مواضيع تحكي قصص عشنها في سفر عائلي أو زفاف ويستمتعن بذلك.

أطفال يركضون خلف كرة جلدية ويستمتعون بركلها لبعضهم. بعض الأشخاص يجلسون على كراسي اسمنتية ويشاهدون كلبًا يجري وراء كرة تنس يرميها له مرافقًا له، مرهق السن، والكلب يستمتع بالتقاط الكرة بين أنيابه الحادة ولعابه يسيل بدون توقف. بعض الأشخاص يجلسون بالقرب مني، يستمتعون بمشروبات غازية وبتدخين المخدّرات والدّخان يتصاعد من أفواههم إلى السماء يراقص الهواء ويعانق الحرية من سجن

أفواههم كريهة الرائحة. بصوت مرتفع، يحاول كل منهم أن يظهر أنه المثقف من خلال المواضيع التي يتحدثون عنها، والتي تتغير بسرعة من حين لآخر، حيث أنهم تحدثوا عن لقاح كورونا وعن السياسة والهجرة السرية ونظرية المؤامرة وعن دوران الأرض وتغير المناخ والكوارث الطبيعية ... وكل هذا في بضع دقائق. كنت أستمع إليهم من حين لآخر وأستمتع بما أراه أمامي.

هنا لا مكان للهاتف إلا في جيبي، حاولت أن ألمح أحدهم يحمل الهاتف في يده، حتى كدت أستسلم، ورأيت شابًا واحدًا يضع الهاتف على أذنه، جالساً وحيداً بعيداً عن التجمعات العائلية، يظهر كأنه يحدث شخصاً مقربًا له، فهو يبتسم من حين لآخر ويبدو أن الحديث طويل بينهم.

الكل يستمتع بالأشياء التي حوله ولا أحد يشاهد فيديوهات اليوتيوب أو الفايسبوك، لا أحد يستعمل الهاتف من أجل الألعاب الإلكترونية. استغربت قليلاً لكن تذكرت أنها هي طبيعتنا، فالهاتف استعمرنا في كل أفكارنا وأكل كل وقتنا واحتل كل الأماكن التي نحن فيها. استغربت، لكن كيف لي أن أستغرب من طبيعتنا، بل يجب أن نعود لأنفسنا وأن نصنع وقتاً يخلو فيه الهاتف من تعاملنا وتصرفاتنا.

نستيقظ في الصباح وقبل غسل وجوهنا نفتح هواتفنا، نأكل وهواتفنا أمامنا، قبل ان نخرج من باب المنزل نفتح هواتفنا، نسير في الطرق ورؤوسنا منحنية للهاتف، أصبحنا نعبد الهاتف...

يجب أن نغير سلوكنا تجاه هذا الكائن الغامض الذي اجتاح كل شيء فينا، يجب أن نعود إلى أنفسنا ...

☼☼☼☼☼☼☼

رمال الشاطئ

في عشية صيفية، كان يقلب جسده على الفراش، حيث لم يعد يستطيع الصبر على تحمّل الحرارة المفرطة التي تحتل الغرفة بأكملها، قرر أن يخرج وكان الشاطئ هو وجهته الأولى. خرج وانتظر الحافلة الزرقاء والقصيرة التي تحمل رقم ٢١، لم ينتظر كثيراً حتى رآها تشق طريقها بين الكثير من العربات كأنها أفعى مجلجلة وسط رمال الصحراء الحارة. ها هي وصلت، ركب فيها وكان محظوظًا هذه المرة، لم يكن هناك كثير من الركاب، حيث أحياناً لا يجد حتى مكانا ليضع فيه قدمه.

دفع ثمن التذكرة للسائق وأخذ التذكرة، مزقها ووضعها في جيبه. جلس على مقعد مكسور على غير عادته، لم يكن يجلس حين يتنقل في الحافلة الحضرية. وصلوا إلى محطة نزوله، أرسل إشارة للسائق حيث كان مستعداً بجانب الباب، فتح الباب وكان الوحيد الذي سينزل هناك. بعدها اتجه مباشرة للشاطئ، وبدأ يستمتع بالهواء البارد الذي يلامسه في وجهه آتياً من حقل موجات البحر، ويتجول بجانب تلك الموجات الرقيقة التي تلاعب الأطفال بالجوار.

كان المكان يعج وجوه مختلفة، أحدهم يلتقط الصور مع البحر وفتاة تكشف عن ساقيها "لا بل هي أعمدة آثار وليلي" تدخل الصرح أو عفوًا تدخل لتلاعب برودة المياه وشد انتباهه شخصًا يكتب على الرمال، أثار ذلك فضوله وأراد أن يعرف ماذا يكتب

هنالك، اقترب قليلاً دون أن ينتبه أحد وقرأ هناك كلمة "أمي" وسط قلب والتقط لها صورة قبل أن تأتي عليها موجات البحر لتمسحها. أعجبت بذلك.

هنا أتته فكرة وبدأ يتجول ويقترب لكل من رآه يكتب على رمال الشاطئ، فهذا يكتب اسم حبيبته وأخرى تكتب اسم خليلها وربما بعضهم يكتبون أسماهم. وكلما كتبوا ذلك انتظروا أن تأتي عليها الأمواج كأنها لم تكن. أعجب بهذه المشاهد، ولكن بدأ يفكر: لماذا يفعلون هذا وأنا نفسي قد كنت أخذت صورة لاسمي مكتوب على تلك الرمال؟ لماذا كتابة تلك الأسماء بتلك الطريقة؟ فربما لأنهم يتمنون لو أن أصحاب هؤلاء الأسماء يتواجدون معهم على الشاطئ لأنهم يحبونهم ولكن هم الآن بعيدون عنهم أو ربما يريدون أن يرسلوا الصورة لهؤلاء كدليل أنهم كانوا بجانب البحر، أو كعربون على محبتهم لهم.

توالت الأسباب كثيرًا وكلها ممكنة. لكن لماذا الكتابة على الرمال ورمال الشاطئ بالتحديد؟ فالجواب الوحيد الذي يتبادر في أدمغتنا، هو أن تلك الكتابة لا تبقى هناك طويلاً، فهي تزول بسرعة. لن يبقى هناك اسمي ليطأ عليه المتجولون، ولن يبقى هناك اسم حبيبي ليعرفه المارون، ولن أترك هناك اسم أمي للعابرين.

هذه المشاهد تعبر كثيراً عن حياتنا، فالمدة التي يبقى هناك اسم من نحب هي المدة نفسها التي نشعر بها حين نفارقهم. نشعر أننا لم نحيا معهم سوى بضع ثواني، تمر كرمشة عين. تأخذهم منا الحياة كما تفعل الأمواج لتلك الأسماء، ولا يبقى لنا سوى الذكريات

التي عشناها معهم الذكريات الجميلة فقط، تلك الذكريات تتشبه الصور التي نأخذها للأسماء التي كتبناها على الرمال. صور جميلة لا تتحرك، تحمل الأسماء فقط، نبدأ في تغيير ألوانها على هواتفنا لتظهر جميلة أكثر، هكذا الذكريات مع أحبائنا، مهما كانت فهي تظهر جميلة حتى تلك اللحظات القاسية تظهر كشربة خمر مر يزيد جمالًا كلما زادت مرارته.

الأشخاص الذين نحب من أعماقنا لا يمكن أن نراهم أشخاصاً سيئون، دائماً نزين صورهم في خيالنا. فنحن نعتبرهم جزءًا منا فكيف لنا أن نكرههم يوماً ما...

حافظوا على أحبائكم وعيشوا معهم كل الحياة واطلبوا الله أن تعيشوا معهم للأبد...

وهكذا

الكرة لأصحابها

مساء من أحد أيام يناير، خلال تواجدي بمرحلة الدراسة الجامعية، كنا نتجول في شوارع المدينة وكان الوقت يشير لبقاء بضع دقائق على اختباء الشمس وراء الأشجار الاسمنتية الكبيرة التي تحيط بنا. كنا نطوف على أمكنة مختلفة، أحياناً حدائق وأحياناً ندخل أسواقاً تجارية وبعض الأزقة لا نخرج منها سوى بالقوة بسبب الازدحام البشري. الكل يتجول، هذا يريد شراء ملابس والآخر ربما يبحث على هاتف جديد، تلك الفتاة تبحث عن زوج مستقبلي وذاك الشاب يبحث عن حبيبة جديدة، المهم أن كل واحد منهم يبحث عن شيء.

المحلات التجارية تعرض سلعتها من وراء الزجاج والتجار المتجولون يضعون بعض البضاعة أمامهم يعرضونها للمارة. كل التجار يحاولون أن يظهروا بضاعتهم على أحسن وجه حتى يستطيعوا بيعها بالثمن الذي يرغبون فيه. في الأعلى، أمام أنظارنا، الكثير من اللوائح الإشهارية، أينما وليت وجهك ثمة لوحة تقدم للناس منتوجاً أنيقًا مع ثمن جديد منخفض. خلال قراءتي لبعض الإعلانات، أثارت انتباهي عبارة مكتوبة بالخط العريض على إحدى اللوحات الإشهارية لشركة قمار، العبارة كانت مكتوبة بالدارجة المغربية ومحتواها: "الكورة ديال مواليها"، ترجمة العبارة "كرة القدم لأصحابها".

استغربت كيف لمثل هذه العبارة أن تكون شعارًا لإشهار هذه الشركة والتي تعتبر شركة عالمية، بدون ذكر اسمها، فشركات القمار العالمية في كرة القدم معروفة وتعد على أصابع اليد الواحدة.

بدأت أفكر في العبارة وأحاول فهمها، ربما هي عبارة عفوية، ولكن لا يمكن أن يكون هناك شيء عفوي لشركة تمتلك مهندسين كبار في الإشهار. فغالبًا هذه العبارة مكتوبة من طرف مهندسين إشهاريين على الأقل ولا يمكن أن تكتب بشكل تلقائي، بل وراءها الكثير من التفكير والتخطيط. أردت أن أفك لغز هذه العبارة مهما كلفني ذلك من وقت.

تساءلت، هل شركات الرهان هذه دخلت اللعبة لأن تخسر؟ هل حقاً الجماهير والمشاركون في القمار هم من يربحون من اللعب؟ لا أبداً، لا يمكن لشخص تأسيس شركة من أجل الخسارة حتى ولو كان أحمقاً. شركات الرهان تضمن لنفسها ربحًا مضاعفًا عشرات أو ربما مئات الأضعاف. بعدما رجعت للمنزل، فتحت الحاسوب وبدأت أبحث في الموضوع. ما هي قوانين هذه الشركات؟ ماهي قانونية تأسيسها؟ من هم الأشخاص الذين يمكنهم تأسيسها؟ والكثير من الأسئلة طرحتها على جوجل وقرأت الكثير من المقالات. تلك الليلة لم أستطع النوم إلى أن فهمت القصة بأكملها أو على الأقل فهمت سر الموضوع.

شركات القمار تستثمر في اللعبة وتلعب بنتائج المباريات لتغليظ مراهنات ملايين الجماهير. إنها مسألة ملايير الدولارات،

والجماهير المغفلة تتابع البطولات والدوريات دون دراية بما وراء الكواليس. مافيات قوية تنفذ سيطرتها على عالم كرة القدم كأنها أخطبوط وحش. الفرق التي تفوز يحددها عاملان أساسيان، هما: عدد الجمهور الذي سيشاهد المباريات، سواء من الملعب مباشرة أو على قنوات التلفاز الرياضية العملاقة وتكهنات الجماهير التي تشارك في الرهان قبل المباريات... خلاصة الحديث، في عالم كرة القدم، الجمهور مستهلك لذلك يقع في الرهان في احتمالين لا ثالث لهما، إما أن يكون خاسرًا أو خاسرًا. فاللعبة لأصحابها، وهكذا.

ذي الذقن الأبيض

في هذه الحياة لا شيء يرحم، أول شيء يمكن أن يسبب لك الألم هو عقارب الساعة التي تلدغك من حين لآخر. كانت عقارب الساعة تشير إلى الحادية عشرة صباحاً، بعدما ترك وراءه المنزل، جلس في حديقة خضراء، وسط المدينة، لم تكن هناك أي حركة من بني البشر ولا صوت يمكن سماعه، كانت الشمس ساطعة، تدلي بخيوط أشعتها على الأرض كأنها تسقط عليها دموعاً، أيضًا هو بدأ يبكي وحيدًا ويطلب من الله أن يلطف على قلبه. يدعو الله أن يرحمه في قلبه. كان يشعر أن جمرة داخل صدره تحترق وتحرق كل ما حولها، لا يستطيع أي شخص أن يشعر بذلك الألم حتى ولو كان نفس الشخص بعد تلك اللحظات. فالإنسان ينسى نفسه، وفي كل صباح يصبح شخصاً آخر غير الذي كان في الأمس. كانت الدموع تسقط دون توقف، فهي للتو وجدت حريتها وكيف له أن يمنعها. جلس هناك كمن قيل له: كفكف دموعك وانسحب يا عنترة ...

وهو في غفلة من أمره، ظهر شخص من العدم، شيخ طاعن في العمر، وتجاعيد السنين تظهر على وجهه، الشعر أبيض يغلب على لون ذقنه، نقطة سوداء على ناصيته وهي أول شيء يمكن أن يلاحظه فيه أحداً ما إن التقاه، يرتدي جلباباً رمادي اللون. وضع ورقة على كرسي بجانب الباكي ثم جلس.

توجه إليه، أراد الجلوس معه، طلب منه ذلك ورد عليه بكل سرور. طلب منه أن يدعو معه الله أن يلطف على قلبه، وقال له جملة واحدة، واحدة فقط لم يضف عنها حرفًا، الجملة كانت: كلما ضاقت عليك، نادي عليه.

من يكون هذا الذي سيتوجه إليه، هو الله ربنا الرحمان الرحيم، القادر على كل شيء، ربنا الذي استجاب ويستجيب وسيستجيب لدعواتي، ربنا من قال: ادعوني أستجب لكم.

لولا الله لكانت الدنيا ضاقت علينا بكل ما فيها. نحمد الله على نعمة أننا عباده، كلما ضاقت بنا الأرض، رفعنا كفوفنا لاعتناق السماء، ففيها نرى أنفسنا نجوماً وأقماراً، وفيها نتيه بكل ذواتنا، فيها نسافر بلا حدود، ومن خلالها نكسر كل القيود...

وهكذا

كان غشت يجمع حقائبه، وفي يوم عاشوراء، كما اعتاد قاسم دائمًا الخروج لحديقة توجد بمقربة من الحي الذي يكتري فيه، خرج هناك وكانت الساعة تشير للسادسة مساءً والشمس تودع الحي إلى لقاء في الصباح الآتي ان شاء الله. جلس على أرض خضراء واضعاً أمامه هاتفه، كان يستمع لمذكرات الأرقش مقروءة. كانت أصوات الأطفال تعلو في كل مكان، هرج ومرج، مفرقعات هنا وهناك، زمارات ودفوف تقرع في كل مكان. الأمهات جالسات على شكل دوائر، يبدو أنهن يتحدثن عن أمور مهمة بالنسبة لهن وغير مباليات لأبنائهن، سوى في لحظات قليلة يخطفن نظرات حولهن ثم يسترسلن في أحاديثهن.

بين ذلك الازدحام، ظهر شاب متوسط القامة، غليظ البدن وأسمر اللون ويميل أكثر للسواد ويرتدي ملابس قصيرة باللون الأسود. يظهر بين الأطفال كأنه كومة ليل تتدحرج ببطء بينهم. الأطفال يهرعون عنده واحداً تلو الآخر ويجتمعون عليه على شكل ذباب على قطرة لبن سقطت على الأرض، يبدو أنهم كانوا يأخذون منه شيئاً ما، نعم اقترب من ناحية وعرف أنه كان يبيع الحلوى، يضعها فوق لوح خشبي معلق في عنقه.

نظر ناحيته وناداه أن يقترب منه أكثر، طلب منه حبة من الحلوى، وأعطاه درهماً واحداً قبل أن يخبره أنه اشتراها هو نفسه بدرهم واحد، هكذا أضاف له درهماً آخر وشكره بدل أن يشكره قاسم. سأل

بائع الحلوى قاسم إن كان لا يزال جالسًا هناك، أجابه قاسم بالإيجاب وقال له أنه سيعود ليجلس معه، فرحب به. استمر في طريقه، يتجول في الحديقة على الأطفال وكان قاسم يراقبه عن كثب، ويتساءل لماذا يريد الجلوس معه. باع بعض الحلوى للأطفال وبعد أن وجد نفسه واقفًا بدون زبون، نظر إلى ناحية قاسم وعاد نحوه مباشرة.

حين وصوله، وضع اللوح الخشبي على الأرض، جلس أمامه وبدأ يشتكي له عن مشقة التجول والتجارة التي يقوم بها، أكد له قاسم صعوبة الأمر وأخبره أن على الإنسان الصبر في عمله. سأله بائع الحلوى إن كان من أبناء المدينة وأجاب بالنفي ثم عرف أنه أنحدر من مدينة أخرى من شرق البلاد، أما بائع الحلوى فينحدر من منطقة بدوية بين مدينتي فاس ومكناس. كان يتحدث بصوت خافت كأنه يخاف أن يكون هناك مستمعا لهم من مخابرات FBI.

أثارت استغراب قاسم طريقة حديثه وبدأ يستنطقه عما الذي جعله يأتي لطنجة. أخبره أن والده أخرجه من المنزل ولم يذكر السبب، بل بدأ يلوم أباه لأنه كان يناوله بعض المهدّئات التي كان طبيبًا نفسياً ينصحه بها، فشرح له قاسم أن الأمر إذا كان من طبيب مختص فلابد من أخذ الدواء، ولكن بالطريقة التي يطلبها منه الطبيب.

عن حاله في طنجة، فهو يكتري شبه غرفة فوق سطح أحد المنازل، كان الثمن رخيص لكنه لا يستطيع دفع الثمن كاملاً،

الآن هو يحاول أن يجد عملاً بسيطاً مع ورش بناء أو في مكان كيفما كان، المهم أن يحصل على دراهم ليسد بها احتياجاته البسيطة والضرورية. الإنسان في هذا البلد أصبح لا يستطيع أن يلبي حتى احتياجاته الأساسية من أكل وسكن وأمان، أما أن يحصل على زوج وسيارة والأشياء التي تعتبر حقه فهو يراها حلماً لا حقا. بعد الحديث المطول مع ذلك الشاب، فهم قاسم أنه يعاني من مرض نفسي وهو الآن يعيش حالة نفسية سيئة أكثر بسبب وضعه المادي، وساه قاسم ببعض الكلمات ثم طلب منه أن يصبر وأن يتجه لله سبحانه، الله هو من سيقوم بحل كل مشاكله كيفما كانت صعوبتها ولو كانت مثل جبل افريست أو أكثر من ذلك.

بدأ قاسم يحكي له عن بعض المراحل التي اجتزتها هو أيضًا وليس ببعيد، وأن هذا الأمر لن يخلو من حياة الإنسان، إلا أن الصبر والوقت يحلان مشاكل المرء ولن تبقى سوى الذكريات.

جلسا يتحدثان كثيرًا إلى أن سدل الليل غطاءه ولم ينتبها للوقت الذي رفرف بجناحيه. أخبره قاسم أنه يجب أن يعود للمنزل، ولم يكن يستطيع أن يساعده في شيء سوى إن كان يريد بعض الأكل ليسد به جوعه، رد نافياً وبدأ يشكره على هذا الوقت الذي منحه وأنه يحتاج شخصًا ليحدثه كما فعل قاسم. مع الأسف لم يكن يتبقى لقاسم في مدينة طنجة سوى أيامًا معدودات ليسافر إلى مقر عمله الجديد ولم يستطع أن يلتقي به مرة أخرى حتى أن بائع الحلوى ذاك لا يمتلك هاتفاً ليتصل به من خلاله ويطمئن عليه.

افترقا بالتحية وحين وصل قاسم إلى المنزل تذكر أنه لم يعرف حتى اسمه ولا هو سأله عن اسمه. لكن حقاً الأسماء لا تهم، فهي مجرد وسيلة لمناداة بعضنا وعن تمييز بعضنا عن بعض. الاسم لا يتعدى مجرد رقم سجين في غرفته ولا يعبر عن هوية صاحبه، والإنسانية التي نحملها داخلنا هي الهوية الأصلية لنا.

كل منا يخوض داخله حرباً أبدية، تجرح فيها القلوب ويقلب فيها التفكير، ورغم ذلك كلنا نظهر ابتسامات الرضا على وجوهنا، كأن كل ما يحدث شيء عادي. عقولنا تخربت من كثرة التفكير، والألم نهش عظامنا حتى أصبحنا نسير وسط شوارع مضيئة من كل الجوانب، تائهين...

تعاملوا مع كل شخص كأنه خرج للتو من حرب، فحتى إذا كان مهزوماً فلن يرضى أن يظهر علامة الحزن على جبينه. فأنا أقول كل منا، سواء كان صغيراً أو كبيرًا، غنياً أو فقيرًا، ذكراً أو أنثى...

مهما كان، فهو يحمل داخله قلباً متعباً، وعقلاً ثقيلًا...

وهكذا

منتصف شهر نونبر، حملت حقيبتي وتوجهت إلى محطة الحافلات، الوجهة كانت مدينة بالريف من أجل اجتياز مباراة التعليم. وصلت إلى المحطة، الحافلات مصطفة في مكانها وفاتحة أبوابها مرحبة بالركاب. وجوه مختلفة، هذا يحمل حقيبة ظهر وتلك حقيبة تجرها على الأرض وآخر يحمل قنينة مياه معدنية مع بعض الأوراق في يده الأخرى ... كل شيء يتحرك في تلك المحطة، إذا نظرت من الأعلى فكأنها تشبه وادي نمل.

ذهبت إلى شباك التذاكر، كانت خلفه فتاة جميلة ترتدي قميصاً أبيضاً وتبدو أنها متعبة، ملامح وجهها لا تبشر بخير، ابتسمت لها وطلبت تذكرتي، لم أضف شيئا على ذلك. كانت حقيبة المال بدأت تفرغ وأصبحت تشبه فم تمساح، مفتوح دائماً مستعد للبلع فقط. توجهت إلى مكان تواجد الحافلات المستعدة للسفر، اقتحمت حافلاتي والوجوه أمامي تشاهد دخولي وينتظرون أين سأستقر وأين سأضع مؤخرتي أو ربما فقط يتخيل لي ذلك. التذكرة تشير أن رقم الكرسي الخاص بي هو ٣٥، وأخيرًا وصلت إلى مكاني. فتاة جميلة كأنها كانت تنتظرني، كأنها هربت من إحدى اللوحات الفنية التي رسمها دافنتشي، ابتسمت لها كما فعلت هي أيضاً وأشرت لها بتذكرتي قاصداً أن المكان بجانبها خاص بي، بكل سرور رحبت بي.

وضعت حقيبتي في مكانها الخاص فوق رأسي، الهاتف، سماعات أذن وكتاب كنت أطالعه وقنينة مياه كما اعتدت وضعتهم أمامي. انطلقت الحافلة بعد بضع دقائق، وضعت موسيقى في أذني وجلست أستمتع بدندنتها، في الوقت الذي كانت رفيقتي تحاول أن تستسلم للنوم ولم أكن أريد أن أزعجها بحركاتي. في الحافلة، الكل منشغل في الحديث مع رفيقه وطفل صغير استيقظ للتو من سباته وبدأ يصرخ كأنه جرس المدرسة، أمه تحاول إسكاته بدون جدوى والحافلة تسبح في الطريق دون أن تهتم لمن داخلها.

اقتربنا من دخول مدينة شفشاون واستيقظت لوحة دافنتشي من نومها واستهلت حديثها معي بكونها لم تستطع أن تنام رغم كل المحاولات. هكذا بدأنا الحديث وتعرفنا عن بعضنا وعرفنا أننا نحن الاثنين ذاهبان لنفس الوجهة ونفس الغرض، ربما لم تكن صدفة لأن ذاك اليوم لابد أن يكون هناك الكثير من العاطلين مسافرين لاجتياز المباراة، آملين النجاة من شبح البطالة.

بدأت رفيقتنا تتحدث وتحكي عن قصة ابنة خالتها التي تعرضت للنصب من طرف شخص مجهول، القصة كانت تشبه فيلماً طويلًا، كانت تحكي القصة بكل تفاصيلها المملة. كنت أستمع لا غير وأحاول أن أظهر نفسي أني مهتم بالقصة، أتساءل إن كانت النساء كلها تشبه هذه الأنثى أم ماذا. بعد مرور أكثر من نصف ساعة من الحكي، أخبرتني أنها تشعر بالدوار والغثيان، أحضرت لها كيسًا بلاستيكيًا من عند أحد الركاب بجانبي. بدأت تتنفس بصعوبة وتقول لي أنها تشعر بالاختناق، لم أعرف ماذا سأفعل، قلت لها أن تحاول فتح فمها أكثر وأن تتنفس أقصى ما يمكن،

ظننت أنه ربما ينقصها الأوكسجين. لم ينفع ذلك معها، بدأت تنعت لي أصابع يديها وتخبرني أنهم تجمدوا، كيف لي أن أتصرف، لم يسبق لي أن لمست يدي فتاة، لذلك ترددت قبل أن أضع يدي على يديها وبدون مبالغة فقد أصبحت عصية كأنها كومة من أقلام رصاص في يدي. هنا، ذهبت مسرعًا إلى السائق وأخبرته أن يتوقف، الفتاة ربما ستسقط مغمًا عليها، ينقصها الأوكسجين وتحتاج للنزول من الحافلة أو ربما لطبيب.

أكمل السائق طريقه دون أن ينتبه لي، وأتيت بمساعده، قام بفتح نوافذ الاغاثة والباب الخلفي للحافلة. الفتاة بدأت تصرخ وأنا لا أعرف كيف سأتصرف، طلبت من إحدى الراكبات أن تجلس بجانبها وتحاول أن تهدئها. كل الركاب وقفوا ليشاهدوا ماذا يحدث، يدي الفتاة أصبحت تشبه أغصان شجرة وتصرخ بكل قوة، بدأنا أنا وأحد الركاب نحاول أن نشد يديها وأن نستقيمها حتى لا تنكسر. طلبنا من أحدهم أن يقرأ عنها ما تيسر من القرآن الكريم، في الوقت الذي بدأت تخبرنا أنها لا يريدون أن تذهب لاجتياز المباراة وأنهم يحاولون كسر أصابعها حتى لا تستطيع الكتابة، من يكونوا هؤلاء؟ لا نعلم.

بدأنا نفهم، ربما هي مصابة بالصرع أو بالسحر. تذكرت أنها اتصلت بالفتاة التي كانت تحكي لي عنها من هاتفي، أخذت هاتفي واتصلت بصديقتها حتى تمكنني من الحصول على هاتف والدها. استطعنا التواصل مع والدها ولحظنا أنه كان يعمل في إحدى المناطق التي تتواجد في طريقنا وأخبرناه أن ينتظر ابنته في الطريق. وصلنا لإحدى المساجد في مدينة شفشاون، وقفت

الحافلة، أنزلنا الفتاة وأدخلناها للمسجد بمساعدة إمام المسجد. مجرد أن دخلت المسجد، بدأ الفقيه يقرأ ما تيسر من القرآن ويتمتم على رأسها بكلمات لم أستطع أن أفهم منها شيئًا. وهكذا بدأت الفتاة تشعر بالتحسن، حتى تحسنت حالتها بشكل كامل تقريبا. عدنا للحافلة وأكملنا طريقنا.

في طريقنا، توقفت الحافلة وسلمنا الفتاة لوالدها، رجل في عقده الخامس من عمره، وكان يبدو أنه شخصاً بسيطاً من خلال ملابسه. والزمان لم ينس حقه من التعب. شكر كل ركاب الحافلة وطلب منهم أن يعذروا ابنته على التأخر والهلع الذي تسببت فيهم. بكل لطف أيها العم. هكذا أكملنا الطريق إلى وجهتنا.

في اليوم التالي مساءً وكنت أبحث عن الحافلة التي ستقلني في عودتي، التقيت بمساعد سائق الحافلة التي جئنا معها أمس ذلك اليوم. بدأنا نتحدث عن واقعة ليلة البارحة وأخبرني أنها حكت له تلك الفتاة قصص سحر في عائلتها وأن فرداً ما من عائلتها يحسدها وأصابها السحر من خلاله.

بعد مرور عدة أيام جاءني اتصال من رقم غريب ورفيقتنا هي من كانت خلف الهاتف. اعتذرت مني على كل ما حصل وأخبرتني أنها لم تستطع اجتياز مباراة التعليم يا للأسف. هكذا بقي الاتصال بيننا رغم أننا لم نكن نتحدث كثيرا.

السحر يمكن أن يهدم أممًا بأكملها، ولا يفلح الساحر حيث أتى.

وهكذا

كنت جالسًا بهدوء وعقلي تائه في عالم آخر، استيقظت الفتاة الجالسة بجانبي من نومها. نظرت نحوها وقلت لها: يبدو أنكِ لم تنامي.

ردت: نعم، حاولت أن أنام لكن لم أستطع؟

أنا: أظن أنكِ لم تنامي أيضًا ليلة البارحة.

هي: كأنك ترى ما وراء العيون، نعم لم أنم، كنت أتقلب فوق فراشي بدون جدوى.

أنا: في الحقيقة، أغلب الأشخاص لا ينامون ليلة السفر، لأن دماغهم يكون معلق بالشوق إلى السفر ومتى يحين الوقت، وهذا ينتج عنه خللاً في الخلايا المسؤولة عن النوم مما يجعل النوم صعباً حتى خلال السفر.

هي: صحيح، أنت محق. ولكن أنا أعاني من قلة النوم في الأيام القليلة الماضية. فقد كنا نستعد لزواج ابنة خالتي. كان زفافها مقرراً في الأسبوع المقبل، ولكن شاءت الأقدار ألا يكون. ابنة خالتي شابة في مقتبل العمر، مطلقة ولها ابن، تعرفت، منذ شهرين، على رجل غريب، أُعجبا ببعضهما وبدءا يريان في أنفسهما زوجان مثاليان. أخبرها أنه شخص ثري إذ أنه يمتلك سيارة رباعية الدفع ومنزلاً فخماً في إقليم شفشاون كما أنه

يستطيع أن يقتني لها شقة وسط مدينة طنجة إذا تزوجا، كانت سعيدة بهذا الحظ وتظن أن فارس الأحلام أتاها راكبًا فرسه ويجر وراءه عربة الأميرة.

طلبت منه أن يأتي إلى عائلتها ليطلب زواجها من أمها، في البداية رفض ورأى أن يتريثا قليلاً لكن هي كانت مصرة فأخبرها أنه خلال أسبوع سيأتي إلى منزلها. ابنة خالتي كانت تقطن فقط مع أمها الأرملة وتسكنان بجوارنا في منطقة القصر الصغير، كنا كعائلة واحدة. أما أنا فأقطن مع أمي وأختي الصغيرة، أخي يعمل شرطياً داخل مدينة طنجة ووالدي يعمل مع شركة متنقلة. ذلك اليوم، أخبرتني أن شخصًا سيأتي لخطبتها، ولكن لم تدعوني للحضور، دعت فقط والدتي التي لم تتردد.

وصل موعد الخطوبة، مر الصباح وهو لم يأت، انتظروه وسط النهار ولم يظهر، اقتربت الشمس لتجمع أشعتها وها هو آت من هناك، يمشي ويتمايل كأنه جمل وسط الصحراء، لا أحد يرافقه، وحيدا كبرج بيزا. حين وصل لباب المنزل وكانت ابنة خالتي تنتظره في الباب أما والدتي وخالتي فقد كانتا متيقنتان أنه لن يأتي، كأنه خرج للتو من مستنقع مياه ضحلة، يرتدي لباسًا قديماً وحذاءً أسوداً أصبح لونه أبيضًا بسبب الغبار، يحمل في يده كيسًا به ٣ من كؤوس الياغورت و٣ أقراص من الحلوى.

برر حالته لابنة خالتي بتمتمة غير مفهومة وأدخلته للمنزل. حين رأت والدتي حالته، لم تعجب به وشكت في أمره. لم يكن يشبه رجلاً آت للخطوبة ولا حتى ضيفًا آتيًا لطلب المبيت. لم

يلبس ببنت شفة، كان صامتًا طوال الوقت ويقوم بمسح كامل للمنزل بعينيه. مرت ساعة وساعتان، شرب فيها الشاي وأكل الحلوى ولم يقل شيئاً، وكانت دائمًا ابنة خالتي تبرر صمته بخجله. وأخيرًا تكلم مع خالتي، أخبرها أنه يريد الزواج بابنتها، فأجابته أن الأمر يعود إليها، أما ابنة خالتي فقد كانت موافقة قبل أن يطلب منها الزواج. هكذا انتهت الحفلة وعاد من حيث أتى. قامتا أمي وخالتي بعتاب الفتاة وأن هذا الشخص ليس صالحاً للزواج لكن ابنة خالتي كانت مصرة على أن تتزوج به.

هكذا، بدأ يحج إلهما من حين لآخر، يأتي دائما فارغ اليدين، وفي كل مرة يصنع حجة لعدم مجيئه بسيارته. بقي على هذا الحال حتى استدرج ابنة خالتي وعقدا قران الزواج دون أن يمنحها واجب المهر. بعدها، بدأ يأتي ليلاً وينام معها في الغرفة، وفي كل مرة يؤجل موعد الزفاف.

كنا دائماً ننصحها بأن تكشف لغز هذا الرجل الغريب إلا أنها تأبى وترجع نصحنا لها على أساس أننا نحسدها. كانت تعيش في ظلام دون أن تعي. في أحد الأيام، اجتمعنا في منزل خالتي، أنا وأمي وخالتي والعروسين، أردنا أن نصنع عشاءا عائليا، كنت قد اتصلت بأخي ليلتحق بنا في العشاء. جالسين في فناء المنزل، نحاول التحدث في بعض المواضيع وكان ذاك الشخص يراقبني كثيرًا بنظراته كأفعى تراقب فريستها وتنتظر لحظة الانقضاض.

حين طرق أحدهم الباب، ذهبت لأفتحها وكان أخي قد جاء للتو من عمله وكان ما يزال يرتدي زيه الرسمي للشرطة، فور أن

دخل إلى الفناء، ووقف صاحبنا في مكانه وتوقفت قهقهته التي كان يطلقها في كل أرجاء المنزل كأنه رأى ملك الموت دخل ليقبض روحه. جلسنا مذهولين من تصرفه هذا، ولكن تدخلت ابنة خالتي لتقطع هذا الذهول بضحكة مصطنعة ورحبت بأخي، هكذا هدأ صاحبنا وتصافح مع أخي ثم عاد جالسًا في مكانه. حضرنا مائدة العشاء، كنت أراقب هذا الشخص كثيرًا، لم أكن أحب تصرفاته وطوال وقت العشاء كان هو يراقب أخي والمسدس الذي يحمل إلى أن سأل أخي إن كان المسدس يعمل فأجابه أخي بالتأكيد وكيف يمكن لشرطي أن يمارس عمله بدون مسدس.

مرت هذه الليلة وبقي لغز الرجل مبهمًا، حتى أخي ضحك من حال صاحبنا ولم يعقب سوى أنه أبدى عدم راحته مع هذا الغريب. بقي الحال على ما هو، يأتي ويبيت مع زوجته في منزلها، والحجج لم تنته بعد. في إحدى الليالي، كان نائمًا في غرفته مع ابنة خالتي. بعد منتصف الليل استيقظت ابنة خالتي ولم تجد زوجها بجانبها. تساءلت مع نفسها أين يتواجد، ظنت أنه خرج فقط للمرحاض وسيعود، انتظرت لربع ساعة تقريباً ثم خرجت لتبحث، ضوء المرحاض مطفأ، وهي تبحث، إذ هي تسمع صوتا في بيت أمها التي كانت نائمة هناك، دخلت البيت ووجدت زوجها يحاول فتح صندوق والدتها، الصندوق الذي تخفي فيه كل مجوهراتها، هنا مباشرة استيقظت والدتها ورأت ذلك المنظر أمامها.

ماذا كان يفعل هناك، كان يحاول السرقة، فاجأوه ولم يستطع أن يجيب على نظراتهم. أعادت زوجها إلى بيته وفي الصباح أخبرته أنه لن يعود لهذا المنزل، سيفترقان. بدأ يتباكى

عنها ويبرر لها فعلته، ولكن هذه المرة لم تسمع لأكاذيبه. ذهبت للشرطة وأخبرتهم بالقصة وإذ هم يفاجئونها أنه سبق وأن دخل السجن بسبب النصب والاحتيال، كما أنه يعتبر من الأشخاص المطلوبون للعدالة. بعد أسبوع من الحادثة، تم القبض على صاحبنا وماتزال قضية الطلاق يتم دراستها في المحكمة.

في هذه الحياة لا يمكننا الوثوق في كل الأشخاص، فكل غريب نلتقيه يجب أن نضع في الحسبان أنه يخفي داخله مجرمًا، يستعمله لقضاء حاجاته، للنصب، للاحتيال، للقتل، للسرقة، للخيانة ولكل شر تجاهنا.

ركبت القطار بدون عنوان، متجهًا الى مكان بدون وجهة ... وجدت نفسي أنزل في مدينة جميلة، كل شيء فيها ورود، وبساتين من الزهور تسقيها وديان من العسل واللبن الأبيض الناصع والحليب الطري ... جدران المدينة أشجار طويلة خضراء تعطي عنانها للسماء كأنها ترقص، سماء زرقاء تملأها أقواس قزح بكل الألوان، كان السماء تتباها بفستانها الجميل المطرز من مصممة أزيائها الخاصة...

المدينة ليس بها سوى قصور مبنية بالذهب، تنصع بالألماس ومنقوشة باللؤلؤ...

لا سيارات ولا قطارات ولا طائرات سوى تلك الألعاب التي كنا نلعب بها ونحن صغارا...

إنها الجنة يا ناس

على باب قصر، التقيت بذاك الفقير الأصلع الذي كان يجوب كل مقاهي مدينتنا من أجل درهم واحد حتى يشتري خبزًا ويلتهمه بكل الجوع والتعب داخل كوخه وسط مزبلة المدينة...

وانا أمشي، اعترضني طفل يشبه الملائكة بابتسامته، وقال لي: لقد أخبرت الله بكل شيء كما وعدتكم...

اعترضني طفل آخر، ذو عينين أسيويتين، هو أيضًا قال لي : أخبرهم عندما تعود بأننا نشكرهم، فقد أرسلونا مع كل عائلاتنا الى هنا، حيث الخلود...

التقيت هناك أيضًا، طفلاً يمنياً، والآخر سوري، وأحدهم فلسطيني، وليبي وعراقي، كلهم أخبروني بصوت لطيف أنهم يعرفون تفاصيل رؤساء العرب واحدًا واحدًا، وأنهم أعطوا الله صورة تلك الوجوه حتى ينتقم لهم...

بضع خطوات، كانت كافية للالتقاء بطفل أسود البشرة، اعترضني وهو يحمل أطباقاً تشبه تلك التي نسمع عنها في قصة مائدة موسى وبني اسرائيل: هاك يا عمو، خذ لتأكل أراك نحيفًا، أظن أنك وصلت للتو من سفرك من تلك البلاد التي تسمى الأرض، ألست جائعاً، خذ الماء إنه أنقى ويذهب العطش للأبد...

التقيت هناك طفلة من وجنتيها تبدو أنها ابنة الجبل، ابنة البرد القارس والثلوج، أخبرتني أنها لم تعد تحتاج لتقطع مسافات طويلة لتصل للمدرسة، ولم تعد تحتاج لتصنع بدلتها الجديدة من البلاستيك الرقيق، وأنها تبلغ سلامها لرئيس الحكومة والنواب والبرلمانيين...

يا ناس...

التقيت هناك، بأمي وأم صديقي وجميع الأمهات، سألوني عنكم، سألوني عن أبنائهم ان صاروا رجالًا أم لا زالوا يحتاجون لمن

يغطيهم في نومهم، يدلك أكتافهم قبل النوم، ولمن يسمع آهاتهم وقصص أيامهم الصعبة...

وجدت هناك شيخًا يلبس الأبيض، قبعته بيضاء، جلبابه أبيض وحذاء جلدي أبيض، ملامح وجهه ليست غريبة عني، تذكرته، نعم ذاك الشيخ الكبير، الذي كان يحضر كل الصلوات بجانب الإمام في مسجد حينا...

في بستان أخضر، أرى هناك خيول تجري، تتسابق، تظهر السعادة على وجوهها بجانب البستان، فيلة وصغيرها، قطة، وكلب، بمجرد أن رأوني، هرولوا إلي، وعلى وجوههم فرحة، بدروا يتحدثون وأنا أفهم جيدًا ما يقولون، أخبروني أن أقول لقاتليهم ألا يخافوا، فقد قالوا لله أنهم سامحوا لهم...

ابتعدت عن كل هؤلاء، ذهبت بعيدًا بجانب نهر أبيض اللون، جلست قليلاً وهكذا تحققت العدالة، لك الحمد يا الله.

ارتشفت من النهر واختفت كل تلك المشاهد حتى وجدت نفسي على طاولة انتهيت كتابة هذه السطور...

وهكذا.

بيع الممنوعات

في بداية الموسم الدراسي لسنة ٢٠٢٠، بدأ فادي العمل في مدينة درويش كأستاذ للغة الفرنسية لدى مدرسة خصوصية، وقد كان أمضى شهرين من التدريب والمساعدة في صيدلية تعود ملكيتها لصاحب المؤسسة في نفس المدينة، لكن سرعان ما ساءت العلاقة بين فادي وصاحب العمل بسبب سوء التفاهم حول بعض الأمور التي تخص الأجر الشهري وكذا الساعات التي كان يقضيها في العمل زادت الضغط على نفسيته ولم يعد يتحمل كل التعب في آخر اليوم.

لسبب ما، فاض الكأس وقرر فادي الاستقالة من العمل رغم محاولات رب العمل بمنعه ألا أنه أصر على الرحيل. غادر فادي المدينة خفية إلى منزل والديه ومكث هناك لثلاثة أيام بعدها حمل حقائبه تجاه مدينة شرق المغرب بدون أن يعرف ما يمكنه أن يفعل هناك، لكن لحسن حظه وجد غرفة للكراء بين بعض الغرباء. وهكذا اجتاز هناك خمسة عشر يومًا وقد كان يخرج في الصباح، يتيه بين المدارس الخصوصية وبعض الشركات الصناعية، يضع سيرته الذاتية لدى حراس البواب، لا أحد يستقبله للدخول إلى المكتب وتقديم مهاراته.

في هذا البلد، لا أحد يريد مهاراتك، الكل يرى ابن من تكون وآت من طرف من. هذه المدة، لم يتوصل ولا برسالة واحدة أو مهاتفة من الشركات التي وضع عندها سيرته الذاتية. في أحد

الأيام، كان فادي جالس في إحدى الحدائق القريبة من جامعة محمد الأول، يستمتع بالموسيقى وإذا بهاتفه يرن. أحد أصدقاء الطفولة، شخص لم يلتق معه منذ حوالي عشر سنين، لكن كانا أحيانًا يتواصلا عبر الفايسبوك.

أنا: أهلاً صدّيق، كيف الحال؟

هو: أنا بخير، وماذا عنك؟

أنا: أنا كذلك أحمد الله.

هو: أين اختفيت كل هذه المدة وماذا تعمل في هذه الأيام؟

أنا: أنا في مدينة وجدة لا أفعل شيئًا سوى أني قد قمت بالتسجيل للدراسة في الجامعة.

هو: هذا ممتاز، أنت لن تمل هذه الدراسة ولن تنتهي منها، أنا أتواجد في طنجة وان كنت تريد المجيء إلى هنا فمرحبًا.

أنا: دعني أفكر في الأمر وأرد عنك.

هو: جيد، أنا أرحب بك في أي وقت أردت المجيء. سأنتظر جوابك، مع السلامة.

أنا: سأرد عنك، مع السلامة.

وهكذا عرف فادي أن صلاح يعمل بمدينة طنجة شمال المغرب، كانت فكرة جميلة أن يسافر إلى تلك المدينة لربما يجد هناك عملًا جديداً. لم يكن في جيبه سوى ما يمكن أن يكفي لأقل من شهرين لكن قرر أن يتوجه هذه المرة إلى مدينة جديدة لا يعرف عنها شيئاً،

متجهاً نحو المجهول. اتصل بصاحبه هشام وأخبره أنه في هذا الأسبوع سيزوره. هكذا حمل فادي حقائبه مرة أخرى ولم يكن يعلم بسفره سوى صلاح وحده، لم يخبر عائلته ولا أصدقائه. ركب القطار متجها نحو المجهول.

وصل مساءً إلى طنجة، واتصل بصلاح ونعت له الطريق إلى المنزل، أخذ طاكسي صغير، حين وصل، تفاجأ صلاح أن فادي يحمل حقائبه مما يعني سيستقر لشهر أو أكثر، لكنه في البداية لم يكترث فأدخله إلى مغارته مرحباً به. وهكذا أمضى معه مدة شهرين بالتمام والكمال، كان فادي يمر من أوقات سيئة وكان يعرف أن المال ينفذ منه وما يزال يكذب على أقربائه بكونه ما يزال في مدينة وجدة كل هذه المدة.

تعب من التجوال بين الشركات وتوزيع سيرته الذاتية بدون فائدة. لا أحد يريد مستأجراً، فالبلاد تمر من أزمة فيروس كوفيد ـ ١٩ كما يمر منها العالم أجمع والشركات أصبحت تنقص من عدد المستأجرين وكيف له أن يجد عملًا. وصل به الأمر ليفكر في تجارة الممنوعات، ربما حشيش أو كوكايين، أي شيء، المهم هو أن يحصل على الأموال، أما فكرة الهجرة السرية نحو إسبانيا غير صالحة لكونه أصبح مفلسًا.

كان يود الحصول على الأموال للعيش، بدأ يتعرف على الناس من خلال صاحبه ويصنع خيوطا لمعرفة كيف له أن يقوم بتجارة الممنوعات؟ مع من؟ وكيف ذلك؟ ولمن سأبيع؟ كلها أسئلة تبادرت لذهنه، عالم مليء بالأسرار والأشرار، لا يعرف عنه سوى أن تجار المخدرات ينتهي بهم الزمان بنفس المصير، السجن أو الموت، لا خيار ثالث. فادي خطط أن يحصل على بعض الأموال وبعدها يقوم بتغيير المدينة والابتعاد عن الممنوعات.

حين يصيبنا البلاء وتغلق في وجوهنا كل الأبواب، لا نجد أمامنا سوى باب الحرام، يجتاحنا الفقر ونفكر في بيع ذواتنا وكرامتنا وأحشاءنا، يصبح الحرام أمامنا سهلًا وتبرره أحوالنا والغاية تجعلنا نبحث عن الطريق إلى عالم الجريمة.

في نفس الوقت، كان فادي على أعتاب أن يجتاز مباراة التعليم التي نظمت في شقها الكتابي بمدينة الحسيمة وفي شقها الشفوي بمدينة تطوان. هذا الأمر زاده استنزافًا في الأموال وخسارة أكبر بسبب السفريات من وإلى هذه المدن. كان ينهار ماديًا ومعنويًا، كأنه على حافة الهاوية، يفكر فقط كيف له أن يقضي الأيام المقبلة بدون أية دراهم.

لكن فجأة، أعلن عن نتائج الناجحين في مباراة التعليم وكان فادي من المحظوظين، أسميه حظا للنظر الى العدد الكبير من المترشحين للمباراة، كانت نسبة نجاحه أصغر من ٥٪، لكن إذا نظرت الى العمل الشاق الذي كان يقوم به لمراجعة دروس الاختبار وكذا الدعوات التي كان يرفعها إلى السماء في الليالي المظلمة، فقد كان استحقاقًا بفضل الله وعدم استسلامه.

أحيانا تقسو علينا الحياة لتحاول تجربتنا إن كنا سنرفع الراية البيضاء، ولكن نبقى صامدين حتى ننال مرادنا. بيع الكرامة ليس حلا للخروج من أزمات الفقر وإنما أزمة معقدة ندخل عليها بأنفسنا، لذلك علينا أن نبقى صامدين في صمت حتى نحقق الانتصار في الحرب مع الحياة.

تغلق في وجوهنا الأبواب وتبقى النوافذ مفتوحة وإن أغلقت النوافذ سنصنع لنا حفرًا للخروج.

وهكذا

كنوز الأموات

كنت جالسًا مع جدي بجانب منزلنا، نتناول فنجانا من القهوة، كنت أسمع وأستمتع لقصص جدي كعادته، يحكي لي بعض مغامراته حين كان شابًا، وكنت أستمع له بتمعن رغم أنني سبق وسمعت بعض حكاياته، لم أمل يوما من إعادة حكاياته يوما.

أحياناً أطرح عليه بعض الأسئلة لأفهم بها قصصه ومغامرات الأجداد قديماً. كنا نتحدث حول الكنوز التي يجدها البعض تحت التراب وفي القبور، هنا سألته: لماذا كان الأجداد يدفنون معهم هذه الكنوز رغم أنهم لن يأخذوها معهم الى العالم الآخر؟ فأجابني أنهم كانوا يظنون عكس ذلك، يعتقدون أن الأموال ستبقى معهم والذهب هو العملة التي يتاجر بها أهل القبور بعد الاستيقاظ من الموت. تبسمت مستهزئًا بغباء هؤلاء، ساد الصمت بيننا لبرهة، كأن جدي غرق في بحر من التفكير، بعدها تنهد وقال: مازال هذا الغباء سائداً إلى اليوم يا ولدي.

تعجبت من قوله وسألته: مازال الناس يدفنون الأموال والذهب مع الأموات؟ أجابني: مازال الناس يدفنون معهم كنوزًا لا تقدر بثمن. استغربت من كلامه وكيف يكون هذا صحيحًا في هذا الزمن الذي انتشر فيه الوعي وأصبحنا أكثر تطورًا. طلبت منه الشرح أكثر فأنا أعلم أن جدي يتحدث بالألغاز أحياناً. كان يتحدث معي ويسرح بعينيه في السماء بعيداً كأنه يقرأ لي من صفحات على سجل السماء الزرقاء فوق سلسلة الجبال أمامنا، قال:

المستشفيات مليئة بالمرضى ومنهم أناس يحتاجون لأعضاء في الجسد، إما عين، أو قلب، أو رئة وربما كبد، فكيف للناس التي تموت، تدفن معها هذه الأعضاء؟ لماذا لا يمكن أن تنزع هذه الأعضاء من أجسامهم ليعيش بها من يحتاجها؟

طرح هذه الأسئلة وتوقف من الكلام وعاد حيث كان غارقًا في التفكير. وهكذا فهمت، فهمت ما هي الكنوز التي تدفن مع الأموات، ما نزال نؤمن بأن الجسد يجب أن يدفن بدون نقص عضو، لا أفهم لماذا وهل سنكون بحاجة لهذه الأعضاء في العالم الآخر؟ طبعاً لا. بمجرد وضع جسمنا في القبر، تبدأ الديدان بنهشه. هكذا أخبرته أنه يقول الحقيقة، كأني أيقظته من النوم، فقد كان غارقًا في السماء، نظر تجاهي ورأيت دمعة تنزل على خده، تذكر وفاة جدتي الذي لم يمر عنه سوى بضعة أشهر.

أما أنا فقد تذكرت كتاباً تحت عنوان "مت فارغًا" للكاتب الأمريكي تود هنري، فكما يجب على الناس أن تموت فارغة من الأفكار وأن تقدم كل علمها وإبداعها وتنقل كل الأطنان من المعرفة التي تحملها إلى الآخرين قبل الموت، فكذلك يجب أن نقدم أعضاءنا التي يمكن الاستفادة منها بعد موتنا. حقاً يجب أن نموت فارغين.

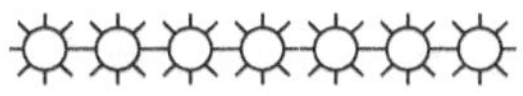

أنا غي طالب

خلال أيام الدراسة الجامعية، التي اجتزت فترة منها في كلية متعددة التخصصات بتازة وفترة أخرى في كلية العلوم ظهر المهراز في فاس، كنا نحن كطلبة نعيش أيامًا سوداء، والأزمات تحيط بنا من كل جانب رغم حلاوة الحياة مع الأصدقاء والأجواء التي نصنعها بيننا.

داخل الجامعة المغربية تعيش في مجتمع مختلف تماماً على ما هو خارج أسوارها، فيمكنك الاحساس أنك في دولة بحدودها وشعبها وثقافتها، مستقلة عن كل الدولة سوى في القرارات التي تأتي من عمادة الجامعة. كنا ومازال الطلبة يعتبرون أنفسهم الطبقة المثقفة في المجتمع، فكلما قلت لأحدهم ''أنا طالب'' تشعر بالفخر والفوز في الأحاديث التاريخية والفلسفية والدينية وقصص المجتمع وحكايات الاقتصاد حتى قبل أن تبدأ في الكلام.

كانت السلطة الوحيدة التي نمتلكها كطلبة هي الثقافة التي نستنبطها من قراءة الكتب، كتب ماركس ولينين، كتب ابن خلدون، كتب عبد الله العروي، كتب البخاري ومسلم ... من أهم صفات الطالب المغربي معاداته للنظام الحاكم، إذ لا يمكن أن تجد طالبًا لا يعبر عن غضبه وسخطه على الدولة وسلطتها.

هذه النزاع يعود لسببين، أهمهم كون الطالب يقرأ للحركيين الشيوعيين كماركس ولينين وميكيا فيلي الذين يفضحون

الأنظمة الحاكمة في الدول عبر التاريخ، والسبب الثاني هو معاملة الدولة للطالب بالقسوة من خلال التفقير والعنف. فتشعر كأن العلاقة بين الدولة والطالب كعلاقة الأم مع الطفل العاق، دائماً في صراع، الطفل يمتلك سلطة الكلام والأم تمتلك سلطة العصا والتجويع.

خلال الدراسة الجامعية، يكون الطالب في مرحلة الشباب التي ينتقل فيها طفل صغير كان يقبل بكل أوامر الأب ويرضخ للمصروف الذي يجنيه من جيب أبيه الذي يكون في غالب الأحيان كافياً رغماً عن أنفه، إلى مرحلة شاب واع يحاول الاستقلال بأفكاره، رغم جيبه الفارغ، يزيد طلبه الاقتصادي فتزيد حاجياته المادية بدون مصدر، فالأب غير قادر على الدفع، وبالتالي تجد الشاب الطالب يمشي في المنزل شامخاً كأنه ترامب وكلما أراد طلب مصروف شهره من والده ينحني كما تنحني اليهود على حائط المبكى.

أتذكر جيداً، كنا نحن الطلبة كلما خرجنا للتسوق وسألنا عن ثمن سلعة ما، أهم جملة نقولها هي "حنا غي طلبة" أي أننا لسنا سوى طلبة، ونقصد بها ألا نمتلك المصروف الكافي فيمكنك مساعدتنا، هكذا نثير شفقة الباعة ونستطيع الحصول على تخفيض في الأثمنة حتى نستطيع توفير المصروف الشهري.

حتى أجعلكم تفهمون أكثر، أحياناً نشاهد في برامج تلفزيونية، التي تنظم مسابقات يشارك فيها كل العرب، كلما دخل أحدهم إلى المنصة وقال "أنا من فلسطين، أو قال أنا من سوريا

من حلب" اهتزت المنصة تصفيقًا، كأنه أثار شفقة الجمهور، هكذا نحن الطلبة. فكنا نستعمل جملة "أنا طالب" للظهور بسترة المثقف وجملة "حنا غي طلبة" للتصبغ بالفقر.

كون الطلبة في الجامعات المغربية تعاني الويلات بسبب حاجاتهم الملحة للمال وكذا الأزمات النفسية التي تصيبهم بسبب ضغط الامتحانات فهذا يجعلهم يلجؤون للكتب ككائنات حية تفهم أحاسيسهم وتواسيهم في معاداتهم للمجتمع والدولة، كما أنهم يستلهمون منها سلطتهم الوحيدة التي تساعدهم في البقاء على قيد الحياة داخل زمرة المجتمع الذي لا يرحم الإنسان الفقير.

لكن رغم كل هذا، فأنا أشعر أننا كنا نقبع في غباء لا نستطيع الخروج منه، في الوقت الذي كنا نعتبر أنفسنا أننا نحن الطبقة المثقفة في المجتمع، فنحن كنا فقط نقوم برسم هذا الخيال أمام أعيننا حتى لا نبدو مجرد فشلة. لا أنكر أننا كطلبة نمتلك تفكير الثقافة والمضي قدماً فيها من أجل الحصول على سلطة اللسان، ولكن في الحقيقة كنا مجرد ببغاوات نعيد كلام أشخاص أفرغوا أفكارهم في الكتب ونحن نكررها على ألسنتنا.

كنا نجتر الكلام المكتوب، كأننا نعاجا في الوقت الذي كنا نرى أن المجتمع مجرد قطيع. فكيف لنا ألا نفكر أن أغلب الأشخاص الذين يعيشون خارج منطقتنا أغلبهم درسوا في الجامعات، وكيف لنا ألا نفكر أن الكتب معروضة في الشارع للجميع...

في الأخير، سياسة تفقير الطالب من طرف الدولة هي قصة مفتعلة من طرف أناس يعلمون جيداً ما تحتويه الجامعات المغربية

وأنها تعتبر قنبلة نووية قد تنفجر في أي وقت. لذلك تحرص الدولة جيداً على نهج سياسة تجعل الجامعات المغربية في قبضتها ويبقى الطالب المغربي يتذبذب بين ''أنا طالب'' و ''أنا غي طالب'' ...

مع نملة

في بداية أول موسم دراسي له في المدرسة الحكومية، انتقل سامي للسكن في المدينة حيث مقر عمله، وكما عادته يحب أن يكتري في مكان يبعد قليلاً عن ضجيج البشر واختار بيتا يحتوي على المطبخ والدوش معا ويؤدي بابه إلى الشارع مباشرة، حين دخله أول مرة شعر أنه يدخل كهفا تحت جبل اسمنتي.

كان هذا الكهف يمتلك نافذة وحيدة وربما يمكنك القول ثقبًا فوق الباب مباشرة يكاد النهار يدخل منه. ها هو ينتقل إلى مدينة جديدة، طقس مختلف، أناس غرباء أو بالأحرى سامي هو الغريب، ولا يعرف أي شيء على المكان. كان كلما ذهب خارجا ليبتاع شيئاً شعر أن هناك عيوناً تراقبه من كل جوانبه، كان يشعر بهذا رغم أن الشارع يكون فارغاً على آخره، كان ذلك فقط يتبادر إلى ذهنه ولا علاقة له بالصحة.

اجتاز سامي الأسبوع الأول يقبع في كهفه ولا يخرج إلا للضرورة، فقد كان يخاف من شيءٍ ما ولا يعلم ما هو هذا الشيء، ربما كان يخاف التعرف على البشر مثله. كان يريد البقاء وحيداً بعيدا عن الدخلاء. اعتزل في كهفه ولم يرد أن يكون له علاقات مع سكان هذه المنطقة الجديدة وكان يتحاشى كثرة الحديث حتى مع التجار حين يذهب لشراء سلعة ما، لذلك كان يختبئ في كهفه.

لم يطل الأمر كثيراً على هذا الحال حتى جاءه ضيوف، في إحدى الأمسيات، كان سامي منهمكًا مع نفايات أفكار نيوتن ويستعد لبداية الدخول المدرسي حتى لمح بجانبه بعض الضيوف، جيشا من النمل يسير في صف واحداً تلو الآخر، كأنهم مدربون مع الأمن الأممي.

حاول أن يبحث من أين جاءوا والى أين هم ذاهبون، وقف وسط الكهف حائرًا وبدأ يفتش ويعمل مسحاً للبيت بعينيه، أخيرًا وجده، لقد دخلوا من تحت الباب وكانوا متجهين نحو مكعبات السكر الموجودة في علبة كان يضعها فوق سرير المطبخ. في البداية، احتار ماذا سيفعل وكيف سيتعامل مع هذا الضيف الذي لم يكن في الحسبان.

فجأة سمع صوتاً يناديه "أيها الغريب، اييه أنت"، كان الصوت يبدو بعيدا كأنه خارج من بئر عميق، ولكن سامي كان متأكداً أنه يأتي من داخل الكهف، بدأ يلتف حول نفسه ويفتش عن المصدر، حتى انصدم لما رأى، نملة تقف على علبة السكر وكانت تشير له بقدمها أو ربما يدها لا يعلم. في البداية.

ظن أنه فقط يتخيل له ذلك، ولكن تأكد أنها هي من كانت تناديه. اقترب منها بحذر وقالت: هيا اقترب، ماذا بك أيها الغريب، لا تخف، أنا من ساكنة المنطقة. سألها سامي وهو غير متأكد أنه يحدث نملة: ماذا تريدين مني؟ فأجابت: نقص الطعام لدينا وخرجنا للبحث عن قوتنا، مررت من أمام هذا الكهف واشتممت رائحة غذاء، دخلت باحثة حتى وجدت ما أريد فإذا بي أجد أنني في مسكن

غريب. أخبرها سامي أن بقاءهم بجانبه لن يريحه، فأجابته النملة في حزم: لا تخاف، سنأخذ ما يكفينا من الطعام ثم نعود للوادي. قرر سامي أن يبرم معهم اتفاقاً فطلب منها الخروج كما دخلوا وأن يضع لهم بعض حبات السكر خارجًا، بدون أن تنشب حرباً بينهم، فقد أبرم هذا العقد لأنه يعلم أن الحرب بينهم سيكون فيها خاسراً، جيش النمل لا قوة تقهره سوى جيش سليمان. هكذا اتفقا، وضع سامي بضع حبات السكر خارجاً وبدأ يلاحظ جنود النمل تعود أدراجها.

لم يمر الكثير من الوقت على هذه الهدنة حتى رأى عنكبوتاً يتدلى من سقف الغرفة، ليلاحظ أنه قد بنى له بيتاً في إحدى الزوايا العلوية للغرفة. هكذا عرف سامي أن له جار جديد، لا يعرف كيف سيتواصل معه، ولكن يظهر له من مكانه كأنه يحدق إليه ككاميرا للمراقبة، وكان سامي ويشعر أنه يراقبه طوال الوقت.

بدأ سامي يأخذ الحذر في كل تحركاته، فهناك من يراقبه ولابد أنه يلتقط له صورًا في كل مرة. تساءل سامي مع نفسه: متى سيجمع شبكته تلك ويجمع فرائسه التي انقض عليها؟ فقد فقد حريته وأصبح ينتبه لكل تصرفاته. لا يمكنه فعل شيء سوى أن يتكيف مع الوضع ويعيش بهدوء مع هذا الجار الصامت، هذا ما يثير إعجابه فيه، أنه يصطاد في صمت دون أن يشعره بوجوده.

مضت عدة أيام، وبدأ سامي يعتاد على هذا الحضور حتى أنه كان أحياناً يحدثه في أي موضوع أثار أزعجه، رغم أنه لا يرد عنه، ويصمت حين يشعر أنه أزعجه.

في إحدى المرات، كان سامي يعد بعض الطعام وإذا به يرى صرصورا دخل من الباب الذي كان شبه مفتوح، بدا له الصرصور يهرول أو كأنه يهرب من شيء ما. فقد اتجه الصرصور مباشرة نحو أسفل السرير حيث الظلام.

انصدم سامي مما رآه وقال في قرارة نفسه: ما هذا يا إلهي، ألن تنتهي هذه القصة مع هؤلاء المشاغبين؟ في كل يأتيني ضيف جديد. هذه المرة غضب سامي كثيرًا، حمل مكنسة في يديه وأراد أن يخرجه من البيت بالقوة، اتجه لنحو الباب ليقوم بفتحه حتى يتمكن من إخراجه، وإذا به يصطدم بضفدع يقف أمام الباب، هكذا عرف سامي أن الصرصور يهرب من مفترسه، وهرول إلى طلب النجدة.

وقف سامي ينظر في عيني الضفدع والضفدع يبادله نفس النظرات، كأنهم في فيلم الكوبوي، رعاة البقر في أمريكا، كان سامي يعرف ما يريد منه هذا المنقط، وإذا به ينطق، نعم تحدث معه الضفدع وقال ليه: أريد فريستي. أجابه سامي بدون أن يستغرب فقد اعتاد على هذه الكائنات التي أصبحت تنطق هي كذلك: لن أستطيع أن أسلمك إياها، الصرصور طلب مني اللجوء فكيف لي أن أخدعه. وجد الضفدع أن سامي مصر على كلامه، فقال له وهو يقفز بعيدًا: لن يفلت مني في المرة القادمة.

هكذا أغلق سامي الباب واتجه إلى حيث يختبأ الصرصور، أخبره أن الضفدع ذهب إلى حاله وعاد يكمل طهي الطعام. مرت بضع دقائق وإذا به يرى الصرصور يخرج متجهًا نحو الباب،

توقف ونظر إليه، بدأ يحرك قدميه الأماميتين كأنه يشكره على إنقاذه، فأجابه سامي: بالرحب والسعة. هذه المرة، الحرب انتهت بسلام.

هكذا اعتاد سامي على استقبال الضيوف الغريبة في كل مرة وكان يصنع صداقات مختلفة. أصبح يفضل أن يصادق هذه الكائنات على أن يصاحب بني البشر. لم يعد هناك بشر إنسان يمكنك أن تؤمنه على أسرارك أو تحكي له عن آلامك، بل بعضهم يجعلها سلاحاً يحاربك به متى أرادوا. من الأفضل أن تصاحب كائنات لا غرض لها منك سوى السلام والبقاء على قيد الحياة بسلام والتعايش معك بسلام. سنصنع السلام في هذا العالم وسنعيش به مهما كلفنا الأمر.

وهكذا.

في المرآة

آن لفنجان القهوة هذا أن يفرغ. هكذا تبادر لذهني وأنا متكئ على أريكة في المقهى المجاور لإقامة سكني، كنت أجلس وحيدًا وأداعب الفنجان لوقت طويل، حوالي أربع ساعات دون أن أنوي الخروج، فقد شعرت أن هناك شيئًا ينومني مغناطيسياً ويجذبني للجلوس أكثر.

في الخارج لا شيء يثير الإعجاب ولا الدهشة، فما الذي سيدفعني للخروج. أتذكر جيدًا كان المقهى فارغاً سوى من بعض الزبائن القلائل الذين أسمع همهماتهم في القاعة السفلى من المقهى أما حيث أنا فلا يعلم أني هناك سوى العامل على توزيع القهوة والشاي وكؤوس العصائر، كان في كل مرة يصعد الدرج ليتأكد أني ما أزال هناك ولم أتبخر بعد مع الهواء.

مر وقت طويل على جلوسي وفكرت الخروج لكن قبل ذلك قررت الذهاب للحمام لأرش وجهي ببعض المياه الباردة. الحمام كان يتواجد في نفس القاعة، دخلت وأغلقت باب المرحاض من ورائي، نظفت أمعائي، وخرجت تجاه المرآة على الحائط في الحمام. وقفت أتأمل في الشخص أمامي وإذا بي أرى شخصًا لم أراه من قبل، نعم، بدون مبالغة، همد القلب وتوقف النبض، شعرت أن الشخص أمامي سيخرج إلي من نافذة المرآة.

لم أطق المكوث هناك ولو لثانية أخرى، هرولت إلى مكاني على الأريكة، وبدأت أتحسس من نفسي ربما أنا نائم أحلم، لا أنا متأكد أني استيقظت صباحًا واتجهت إلى حيث أنا الآن. ربما كنت فقط أتوهم أن الذي كان أمامي ليس أنا، وربما أنا، لا أعلم ... جلست في هدوء حتى يتوقف القلب من خفض سرعة ضرباته، أخذت رشفة من كأس الماء الذي كان يراقبني منذ البداية من على الطاولة.

أخذت أعيد ترتيب أفكاري، الشخص في المرآة يشبهني أكثر مني، ولكن لماذا كان يحدق في بتلك النظرات، هو أنا، ولكن ربما كان يريد التحدث معي، ربما يمتلك شيئا ليخبرني به. قررت العودة إلى هناك، دخلت، أشعلت المصباح، دخل هو كذلك من الناحية المقابلة في المرآة، ليس هناك أي شيء غريب، فقط صورتي تنعكس على سطح المرآة، ألقيت السلام على نفسي وإذا به يرد عني.

هذه المرة، كان قلبي ينبض داخلي كأنه نقار خشب يحفر عشه على جذع شجرة. لكن تملكت نفسي وأخذت أحدثه. كنت أسأله عن اسمه ومن يكون، بدا لي أنه نسي من يكون، ولكن كان يجيب بتقطع، أجوبته تدل على أنه أنا من عالم آخر.

لمحني بنظرة توحي أنه يريد أن يزف لي خبراً جديداً ثم راقب إن كان بجانبي أحداً ما واقترب الي ثم همس في أذني: سفاح سيظهر عما قريب. باستفهام أجبته: أنا لا أفهم ما تقصد؟ ثم قال: أخفض صوتك أيها الأبله، قلت لك ملك على هيئة إنسان، يبشركم

به الوقت عما قريب. أعود لباب الحمام، أراقب ربما هناك من يتجسس عنا، ثم عدت إلى الحديث وقلت له: بل قاتل متسلسل لا تخافه عامة الناس وبطل في عين الفقراء، لكني متأكد أنه سيكون قاتلاً متسلسلاً لسنينِ طويلة دون أن يكتشف أحد من يكون. هو كذلك راقب حولي ثم بصوت خافت قال: لا تخبر أحدًا ولا تهمس بهذا حتى في أذنك، اعلم أنهم حتى إن قتلوك سأبقى أنا، وسيبقى القاتل المخلص حي...

ابتسمت في وجهه ثم هو كذلك ابتسم في وجهي وعادت ملامحي في المرآة، كأنه اختفى وبقيت أنا، عادت صورتي على سطح المرآة وكأني كنت أحلم، لم أفهم ما حدث، رششت قليلاً من الماء على وجهي ثم توجهت إلى مكاني، أكملت الرشفة الأخيرة المتبقية في فنجان قهوتي وخرجت من المقهى مسرعاً ... كنت أشعر أنها مجرد هلوسات وتزول...

وهكذا

هذه المرة لا أريد أن أحكي لكم أي قصة لكن أريد كتابة خاطرة "أنت مجرد رقم" الموجودة في كتابي السابق خواطر "عمزيوم" بطريقة أخرى. حيث أن أحد الأصحاب قرأ هذه الخاطرة وانتقدها كثيرًا كونها مكتوبة بلغة بسيطة، حتى أنه قال: الخاطرة لا تمت للأدب بشيء" ... فأردت اليوم أن أرد عليه بطريقتي وأن أشرح له هذه الخاطرة بطريقة أخرى حتى يتمكن من فهم معانيها أكثر. فكتبت له: أنت مجرد احتمال في مصفوفة.

نعيش حياتنا كأننا نحن محور الكون، هذا يجعلنا نغمض أعيننا حول الحقائق التي يمكن أن تجعل حياة كل منا مجرد احتمال نرد رمي على طاولة. لا أحد منا يحب فكرة كونه احتمال، ولكن إن عدنا إلى الوراء قليلاً وتذكرنا حينما كنا حيوانات منوية ذوات أذيال نتسابق تجاه البويضة التي كانت موجهة بشكل يجعل كل منا هو الفائز بهذا السباق الذي خضناه مع ملايين الأشباه، وإن تساءلت كيف فزت في السباق لن تعرف، لأنك لست من كنت القوي، بل فقط النرد الذي رمي على الطاولة جعل منك الأول.

هكذا أتممت الاحتمالات حساباتها فولدت لشخصين ارغماكَ على أن تناديهما أبواي، لم تختر أن يكونا أبواكَ ولا هما اختارا أن تكون ابنهما، مجرد احتمال جعلك أنت وهما في هذه

الرابطة. المصفوفة لم تقف هنا فقد اختارت لك وطناً وجغرافية وزمنا، اختارت لك حبيباً، حتى تتمم إنهاء احتمالاتها.

نعم، الاحتمالات لا يمكن عدها، ولكن أنت مجرد احتمال وسط ما لا نهاية من الاحتمالات التي يجب أن تنتهي يوماً ما. أنت مجبر أن ترتبط بأحدهم وتناديه حبيبي، وتعتبره هو ذاتك الثانية. السؤال هنا، هل حقًا أنت من اخترت حبيبك؟ فلنعد مرة أخرى قليلاً للوراء، هنا حيث يمكنك تذكر كيف التقيت بحبيبك أول مرة، أخبرني، أين كان هذا؟ في الشارع أم في المقهى؟ ربما كان اسمًا على فايسبوك؟ أو ربما سمعت به عن لسان هؤلاء الأشخاص الذين لم تخترهم أصلاً ''أبواك'' ؟ على أي، فكلها مجرد احتمالات وكنت أنت احتمال منها.

فربما لو عاد بك الزمن للوراء، ولم تكن في تلك اللحظة جالس تحتسي قهوتك في المقهى فربما لن تلتقي حبيبك ولن يكون ذلك الشخص حبيبك، وهكذا ستكون جميع الاحتمالات ... دعني، أحدثك الآن، حول حياتك وعملك، أخبرني هل حققت حلم طفولتك؟ ماذا كنت تريد أن تكون؟ ربان طائرة أم رائد فضاء؟ أنا أؤكد لك أن الأشخاص أنفسهم الذين صعدوا للقمر لم يحلموا أبدا أن يكونوا رواد فضاء، بل احتمالات المصفوفة جعلت منهم احتمالات مهمتها إتمام هذه المهمة ...

آآه تقول كنت تحلم أن تصبح أستاذاً وها أنت اليوم أستاذ، جيد، أتظن حقًا أنك حققت حلمك؟ فلنعد الى الوراء مرة أخيرة، وتذكر أول مرة حلمت فيه أن تكون أستاذًا، من كان قد سألك؟ ربما

أستاذك في السادس ابتدائي أم في الأول إعدادي؟ ماذا كنت تفكر قبل هذا؟ كيف اخترت حلمك؟ هل حقاً كنت ترى من الأستاذ هو قدوتك؟ ماذا لو سألك مهندس عن حلمك؟ ألم يكن من الاحتمال أن تجيب بأن تصير مهندساً؟ كل هذه الأسئلة تحيلنا لكون حلمك كان احتمالًا ساعدت مصفوفة الحياة أن تختاره لحلمك، وبعدها كان احتمالًا أنك أصبحت أستاذاً وهكذا ...

الآن سأخبرك بسر، لن يعجبك، ولكن يجب أن تتقبله بكل ما فيك من طاقة تقبل، أنت رقم من تلك الأرقام اللانهائية على النرد، نعم مجرد رقم في مصفوفة. لا أحد يهتم لك سوى بعض الأرقام الأخرى التي نفسها تكون معك احتمالا لإتمام مهمة ما. إذا كنت تعتبر نفسك أكثر من هذا فأحد أجدادك هو كذلك كان يعتبر نفسه مركز الاهتمام، أخبرني عن مكانه الآن، هل تتذكر اسم جدك رقم ١٧ في سلسلة أجدادك؟ أم أنه غير موجود أصلا في مخيلتك؟ تخيل أنك بعد قرون أو ربما مجرد سنوات، لن يعود هناك اسمك ولا شيء من أثرك ...

أليس هذا يجعلك رقماً في سلسلة أجدادك وأحفادك؟ احتمالات المصفوفة ستنتهي يومًا ما، لا بل ستبقى تعيد نفسها وبنفس الترتيب وهذا يجعل من الاحتمالات لا شيء، يعني ستصبح كأنها وقتا بدون شمس ولا ليل ولا قمر ولا صباح ولا ظهر ... كيف ستعرف أن هناك وقت! الأمر مخيف قليلاً إلى حد الجنون لكن هذا هو الاحتمال الاخير من المصفوفة هو عودة الاحتمالات بنفس الترتيب، هكذا سيختفي الوقت...

قبل قليل، اختفى جدك رقم ١٧ من السلسلة، والآن أخبرك أن الوقت هو نفسه سيختفي. حينها يبقى السؤال ماذا سيعوض الوقت؟ ربما مصفوفة أخرى غير الاحتمالات، وستبقى المصفوفات تتكرر حسب احتمالاتها حتى تعود لتكرر نفسها وتختفي هي أيضاً ... لكل شيء نهاية، حتى للنهاية نفسها سيأتي احتمال وسينهي احتمال النهاية...

الآن، حاول أن تنسى ما أخبرتك به، وركز على إنهاء مهمة احتمالك. اذهب لحبيبتك وأخبرها أنك تحبها، هذا سيساعد على إتمام المهمة بنجاح ...

وهكذا

ريان

ريان الطفل الملائكي، صاحب الخمس سنوات، من مدينة الشاون المغربية، سقط في بئر جاف وضيق لمدة خمسة أيام وفي عمق ٣٢ متر، حاول فيها رجال الإنقاذ أن يخرجوه بكل الطرق. تطوع بعض رجال الاستغوار أن يدخلوا إليه لكن ضيق البئر يجعلهم يعودون قبل ٤ أمتار منه، صعوبة التنفس كانت كذلك من الصعوبات التي تواجههم في الوصول إليه.

لجأوا للحفر بجانب البئر بشكل مواز للوصول لنفس العمق الذي يتواجد فيه هذا الملاك ثم الحفر بشكل مستقيمي للوصول إليه وإخراجه، استعانوا بخمس حفارات لمدة خمس أيام، ليلها ونهارها، بدون توقف ولا نوم. في هذا الوقت كان رجال الإنقاذ يؤمنون حياة الطفل بمده بالأكسيجين ثم الماء وقليلاً من الغذاء بواسطة الحبال وكانوا يراقبونه بواسطة كاميرا عالية الدقة.

الطفل جلس هناك وحيداً في الغار، يرتعد من الخوف، ويرتجف من البرد، وحيدًا، في ظلمة البئر السحيق، وحيدًا، مع جروحه وكسوره وحيدًا، ينتظر إنقاذه وإخراجه لكن بدون جدوى. ريان كان في البئر وحيداً لكن خارج البئر آلاف الأشخاص، الكل ينتظر خروج ريان، الكاميرات والبث المباشر لا ينقطع، وصل خبره للعالم العربي ثم اجتاح كل القارات، حتى أصبح الموضوع الوحيد الذي يتداوله الناس هو خروج ريان، الكل يتساءل متى سيخرج ريان؟ الناس ترفع أياديها للسماء، تدعوا أن يخرج ريان

وهو يتنفس، الكل يصلي لريان، هذا يقرأ القرآن وذا ينشد طلع البدر علينا، وذاك يرفع الأدعية ويصلي، رجال ينتظرون بفارغ الصبر، نساء يفكرن في أم ريان، وأطفال يبكون. الجرافات تحفر ومع كل سنتيمتر في العمق تولد فرحة في القلب.

ها نحن وصلنا لنصف العمق، لم تتبق سوى مترات قليلة، تبقى متر أو نصف متر، لقد وصلنا للعمق الذي يوجد به ريان. ريان لا يزال ينتظر، أخبرونا عنه، كيف حاله؟ ريان متعب، ريان بخير، ريان يشرب، ريان أسير القلوب ما زال حي يرزق.

عمي علي، خبير الآبار يتقدم للأمام للحفر الأفقي، بدأ عمي علي ومساعديه بالحفر تحت الجرف، الخطر فوقهم، ولكن لا يهتمون، المهم هو الوصول لريان، عمي علي اجتاز ساعات يحفر بالفأس والجرافة اليدوية (بالبالة والفاس)، عمي علي اقترب لرايان، بدأ الحفر بالأيدي، حتى لا يشكل الحفر خطرا على ريان.

خمسة أيام مرات ومعها بضع ساعات أخرى، ريان ما يزال في البئر والناس ماتزال تهتف وتغني وتنشد وتدعو وتقرأ القرآن. مع الساعة السادسة مساءً يوم السبت، دخلوا الأطباء للكهف المحفور، وصلوا لريان، ريان بخير، الأطباء معه في الكهف. ساعة أو ساعة ونصف والأطباء داخل الكهف لا خبر والأب والأم ينتظران في باب الكهف، وأخيرا خروج ريان، الكل يهتف وينادي ريان، الكل يحمد الله.

صعد ريان في سيارة الاسعاف ولا أحد رآه، تحركت سيارة الإسعاف متجهة نحو المروحية التي ستقله للمستشفى والناس

تعانق بعضها والنساء تزغرد في بيوتها، حمداً لله، ريان خرج والفرحة تملأ الوجوه. فجأة تغير كل شيء، الصمت عم كل أرجاء الوطن، خبر من الديوان الملكي، غير كل الفرحة إلى حزن، ريان وافته المنية، ريان خرج من البئر الضيق لكن صعد للجنة التي عرضها السماوات والأرض. ريان وحد العالم العربي والأمازيغي، جاء ليذكرهم أنهم أمة واحدة وسافر حيث لن يعود. شكرًا ريان

لأول مرة أشعر حقا أننا نحب الأحياء. ليس شخصاً واحداً فقط توفي بحادث كهذا أو بآخر، ليس طفلاً واحداً احترق أو خنق، ليس طفلاً واحداً سقط أو غرق لكن حادث ريان كان حدثاً آخر. كنا ندرك أن ريان حي داخل البئر وحيدًا، فهذا جعلنا نتهم برايان فلو مات منذ سقوطه لن يلقى هذا الحدث هذا الاهتمام كله، مجرد ضجة صغيرة في بعض وسائل الإعلام ستكون كافية.

لكن ريان حي في البئر، فكيف حاله يا ترى، نحن ننتظر أن يخرج ليحكي لنا قصته، ماذا حدث له وكيف عاش لحظاته أثناء سقوطه أو خلال وجوده في البئر المخيف. كم كنت أقول أننا نحن شعب يحب الموتى، لكن هذه المرة غيرت فكرتي، بل نحب الأحياء أيضًا...

لكن دعوني ألقي اللوم علينا في الحادث، فالأطفال يموتون في حوادث أغلبها داخل المنازل، سواء العائلات الغنية أو الفقيرة، فأغلب حوادث موت الأطفال يكون داخل المنزل، يموتون غرقاً في حوض السباحة الخاص بنا، أو خنقًا بابتلاع أموالنا حرقاً بلهبنا، أو سقوطًا من ارتفاع سلالمنا أو في آبارنا.

منازلنا غير آمنة للأطفال، نحن شيّدنا المنازل لتكون عالمًا خاصًا بنا نحن الكبار، نحن أنانيون، نترك الحياة للطفل القوي جسداً فقط. نحن قتلة الملائكة...

شكرًا ريان

رياضات العنف

حينما كنا أطفالاً صغاراً ندرس في المدرسة الابتدائية، كانت المدرسة بعيدة على قريتنا حوالي ٣ كيلومترات وكنا نسيرها كل يوم ذهابًا وإيابا، مرة في الصباح وأخرى في المساء. أحياناً تعترضنا شمس حارقة أو رياح قوية وربما مطر يجعل منا نبدو كأننا خرجنا للتو من السباحة، في الطريق لم يكن لنا أي مكان لنختبئ فيه من هذه المخاطر ...

كنا نسير أسراباً من الأطفال، من ١٠ إلى ٢٠ طفلاً نسير على حافة طريق السيارات، بعد الخروج من ٤ ساعات من القسم التي تمر علينا كأنها سنين نعود أدراجنا إلى منازلنا لكن كنا دائماً نحط رحالنا في وسط الطريق. أتذكر أنه كان هناك مكان رطب يحتوي على التربة الرقيقة وخال من الأحجار وكنا نطلق عليه اسم الحلبة. كلما وصلنا هناك، وضعنا محافظنا المثقلة بقناطر من الكتب المدرسية على صخرة ثم يدخل أقوانا جسدًا وسط الحلبة وبدأنا نشجع أحدهم لمبارزته، فينتهي الأمر بدفع شخص عنوة أو بدخول شخص شجاع، هذا إن لم يكن هناك خصمان قد تركا تصفية حساباتهما إلى الحلبة.

ندور حول الحلبة ونبدأ بالتصفيق والتصفير وإطلاق جميع الأصوات الحيوانية التي داخلنا هذا كله ونستمتع بالمبارزة التي تنتهي بكسور أو جروح أو كدمات زرقاء في أفضل الأحوال في جسد كلا الطرفين قبل تدخلنا لفك النزال. ثم نكمل طريقنا إلى

منازلنا ونضرب موعداً في الغد وفي نفس الوقت. لم يكن ينال منا التعب بالمرة رغم كل الطريق الذي سرناه والحصة التي اجتزناها أمام المدرس الذي غالبا ما كان يدور علينا في كل حصة بعصا من شجر الزيتون.

لكن عندما أتذكر تلك اللحظات أشعر بالغباء الذي كنا نعيشه رغم حلاوة تلك الحياة بعد مرورها، فأفكر كيف لنا أن نقدم أنفسنا للخطر في تلك الحلبة، أجد أننا كنا نقلد ما نراه على التلفاز، المصارعة الحرة والنزلات التي تنظمها مؤسسات عالمية في رياضة البوكس. كنا نحاول تقليد كل حركة نراها في تلك البرامج الغبية التي يسمونها رياضة.

عندما أفكر مليًا، أجد أن من أسوأ المسابقات الرياضية التي تنظم في العالم ومنذ العصور القديمة التي ظهر فيها البشر على الأرض هي رياضة البوكس. يدخل شخصان إلى الحلبة ويبدأ كلاً منهما بطرح الآخر ضرباً وكدمات في الوجه والصدر والظهر، كلاً منهما يخرج بوجه منتفخ نهاية النزال والجمهور الغبي يشاهد فيهما بكل وقاحة ويصفق لهما ويدفع كلاهما للموت في الحلبة. الرياضة وجدت من أجل تجنب الأمراض وامتلاك جسم سليم وثم بعدها يمكن أن تقدم المتع لممارسها ثم آخر شيء يمكن أن تقدمه الرياضة هي متعة المشاهد، والبشر جعل منها متعة للمشاهد فقط.

فقط في الغابة وسهول السبانا هو مسموح لمبارزة الثيران و، حيث بكل ضخامة أجسامهم، يبتعدان عن بعضهما بضع الأمتار ثم يستعدان وينطلقان بكل قوة إلى بعضهما ليتصادما برأسيهما،

هكذا ودواليك حتى ينتهي الأمر بأحدِهما ساقطاً على الأرض مودعاً الحياة. لكن الإنسان نقل هذا الفعل الحيواني إلى عالمه وجعل منه متعة. من أغبى الأمور التي أراها في الإنسان توافد الشباب على صالات الرياضة أو ما يسمى "صالات الحديد" من أجل تضخيم العضلات، فتجدهم يستهلكون كل قوتهم في تكبير عضلات اليدين ثم بطن القدمين وأهم شيء لهم العضلات الست في البطن، كل هذا من أجل التفاخر أمام الأصدقاء أو خلال الاصطياف في فصل الصيف أمام الإناث، تجد هؤلاء الأغبياء يحاولون تضخيم أنفسهم بكل الطرق حتى إن لم تكفي الرياضة فهم يلجؤون إلى علب من البروتينات وإبر تضخيم العضلات.

بالله عليكم، أليس هذا كله غباء في غباء؟ بدل أن نبذل كل جهدنا من أجل تطوير أنفسنا في المعرفة والتكنولوجيا والطب والعلم، ها نحن نعود لنمارس غريزة الحيوان داخلنا.

في الأخير، يجب أن نجعل من الرياضة وسيلة لسلامة أجسامنا لا لكسر ضلوعنا ونفخ وجوهنا بالكدمات. فلنمارس رياضة رفع الأثقال من أجل رفع الأثقال، وممارسة رياضة البوكس من أجل الدفاع على أنفسنا لا من أجل ممارسة العنف بيننا في المسابقات. علينا أن نمارس الرياضة من أجل الجسم السليم لا للتفاخر بالعضلات أمام الآخرين. الشخص الذي يمارس العنف الرياضي من أجل متعة الآخرين إنسان غبي...

وهكذا

تويزي

في القرى الصغيرة شرق المملكة المغربية، الناس هناك تتصف ببساطة فطرية، حيث يعيش الناس كأنهم أحباب فيما بينهم، ليس هناك فرق بين الأخ والجار. يتميز كل الأشخاص بالكرم والعطاء والسخاوة، فلا يمكن لعابر سبيل أن يمر من هناك دون ألا يجد من يضيفه في منزله ويقدم له كل ما تستطيع ربة البيت من إعداده في المطبخ، كما أنه يعامل بشكل أنيق ومحترم. الناس هناك بكثرة الأخلاق التي يتعاملون بها ترسم على وجوههم تلك البساطة كأنها العملة التي يتعاملون بها فيما بينهم. كلما رأيت شخصا منهم، هدن البال وارتاح القلب.

في أحد الأيام من طفولة سالم، استيقظ صباحاً وبعد الفطور كما اعتاد أن يشاهد والده يرتدى ملابس العمل وهذه المرة عرض عليه مرافقته. سأله سالم: إلى أين؟ أخبره أن أحد الجيران يقوم بتسقيف منزله وطلب منه العمل معه. فوافق سالم والد ورافقه إلى المكان حيث لم يكن بعيدا عن بيتهم. وصلا ولم ينتظرا كثيرًا حتى بدأ جيران آخرون يتوافدون إلى المكان وفهم سالم أنه ليس والده فقط من طلب منه المساعدة، بل آخرون أيضاً.

هكذا ظل هناك يشاهد تلك الأعمال الشاقة التي يقوم بها هؤلاء الرجال كالجبال بقوتهم يواجهون المهام الشاقة، في جو يملأه الضحك والمرح، كل منهم يحكي قصة، نكتة، وأحيانًا يصلون على النبي، أو ينشدون أمداحًا وخلال كل هذا الوقت كان سالم جالسًا

في ظل شجرة قريبة غير بعيد عنهم، يحمل عصا صغيرة في يده ويرسم لوحات فنية على التراب أمامه وتمسحها الرياح أحياناً ويداه أحياناً أخرى ليرسم لوحة أخرى وهكذا.

لم يكن سالم يغير مكانه سوى إن طلب منه قضاء غرض بسيط ثم يعود ليتمم الرسم. عندما وصل منتصف النهار كان العمل قد اكتمل وهرول هؤلاء الرجال إلى صنبور المياه، غسلوا أقدامهم وأيديهم ووجوههم ثم توجهوا إلى داخل منزل صاحب العمل. رافق سالم والده إلى داخل البيت، ثم أحضر لهم ما لذ وطاب من الأكل. أكلوا غذاءهم ثم انصرف كل إلى حاله.

حينما عاد سالم إلى بيته سأل والده عن المبلغ الذي سيتقاضاه على هذا العمل، فلاحت على وجه أبيه ابتسامة خفيفة ثم أجابه: رحمة الوالدين. لم يفهم سالم هذا الجواب، ورد عنه: كيف ذلك؟ قال له وهو يشير له بالجلوس جانبه كأنه يريد أن يشرح أكثر: هذا العمل الذي قمنا به هو عمل تطوعي، أردنا مساعدة عمك أحمد جارنا من أجل إنهاء عمله وفقط، هو تعاون منا لهذا الشخص، هذا ما نسميه بالأمازيغية "تويزي". وهكذا ابتسم سالم هو أيضاً معلنًا كونه فهم الموضوع.

بعد مدة من هذه الحادثة، بدأ سالم يسمع كثيراً كلمة "تويزي" وأضحى أفهم معناها ويلاحظ أنه كلما كان هناك عمل شاق عند شخص ما ويريد إنهاءه بسرعة يطلب يد المساعدة من جيرانه ولا يتوانون عن الاستجابة.

كان الناس يعيشون في تراحم فيما بينهم ويعرفون حق الجار، التضامن والتعاون والمساعدة في أي وقت احتاج أحدهم إلى ذلك. لكن مع الأسف، هذه الظاهرة بدأت تنقرض، حتى أن كلمة تويزي نفسها أكاد لا أسمعها في وقتنا هذا.

أصبح الجيران يعيشون مشاحنات لا تنتهي بسبب طمع الدنيا والسهو عن الموت والابتعاد عن عبادة الله. أصبح الأشخاص لا يعرفون حتى من يكون جارهم، لم يعد هناك من يسأل عن جاره إن غاب هل ما يزال على قيد الحياة أم أنه سافر حيث لن يعود.

الدنيا غرت بنا، والتكنولوجيا أبعدتنا عن بعضنا إلى درجة أنها قربتنا من بعضنا. تتعارف مع أشخاص من أدنى الأرض أو أقصاها ولا تعرف من يكون جارك ... ليت الجوار يعود ...

وهكذا

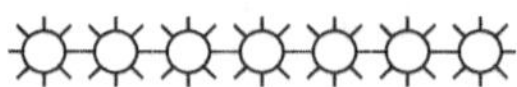

كان الوقت عصراً، كنا جالسين في مقهى مطل على مسبح وأمامنا مباشرة جبلاً أخضر اللون يشكل حاجزًا بيننا وبين الأفق، نتحدث حول مواضيع مختلفة، اجتماعية وفلسفية واقتصادية وما إلى ذلك من المواضيع الآنية والتاريخية، ... جعلنا من طاولتنا الصغيرة ساحة أغورا.

من المواضيع التي أطلنا فيها الحديث كان وضع الأسرة والصراع الأبدي داخلها وتربية الأبناء. كان الكلام يتطاير بيننا، أحياناً مصادقة على رأي الآخر وأخرى مخالفة الرأي، في لحظة هنا، تفوه أستاذي بجملة جعلتني أصمت من الحديث وأفكر مليًا، حيث قال: الأسرة الصغيرة يجب أن تحتوي على أب وأم مع الأبناء. هذه الجملة جعلتني حائر بين السخرية من الفكرة والتفكير ما السر وراءها، ربما هي جملة عفوية لا تحتوي على أي معنى سوى ما تحتويه كلماتها ظاهريًا أو أنها لغز في حد ذاتها.

هذا التيه في التفكير بين خيوط الاحتمالات التي تحتويها هذه الجملة جعلني أتريث حتى لا أعرض نفسي للسخرية المضادة بسبب السخرية. في هذا الوقت كله، كان أستاذي هو الآخر صامت في مكانه ولم يتفوه بأي كلمة بعد جملته تلك، هذا جعلني أتأكد من كون الجملة ليست بريئة كما ظننت في البداية، بل ألقاها وسط الحديث من أجل مناقشتها بالذات.

كان ينتظر ردة فعلي وما يمكنني أن أبديه في هذا الموضوع اللغز. مر وقت طويل والمكان يعمه صمت متبادل وتحديق مطول في فناجين القهوة أمامنا، وكأن من تحدث أولًا بعد هذا الصمت يعتبر خاسرًا. وأخيراً نطقت أولاً، قلت له متسائلاً: أظن أن كل الأسر الصغيرة فيها أب وأم إذا كان هناك أبناء، أليس كذلك؟ فرد علي: بل كل الأسر الصغيرة فيها زوج وزوجة وبعد إنجابهما للأبناء يصبحان أبًا وأمًا أو شيئًا آخر.

هنا عرفت أنه يخفي سراً وراء موضوعه وزاد فضولي لمعرفة المزيد عن سره، سألته: ماذا تقصد بشيء آخر؟ أجابني وهو يحاول الشرح أكثر: أقصد أن الزوجان بعد الإنجاب تبدأ معما رحلة جديدة وهي تربية الأبناء، هذا يعتبر تحدٍ لهما حيث أن حياتهما تنقلب رأساً على عقب، الأم تربي الأبناء في المنزل وتمنحهم الحنان ويتعلمون منها اللطف والقلب الطيب أما الأب يعلمهم قساوة الشارع والرجولة والفطنة في التعامل مع الحياة.

كان الأستاذ يشرح وفي كل مرة يتأكد إن كنت أستوعب ما ينطق به وأنا أصغي بتمعن في كلامه وأصبحت بعد كل كلمة ينطقها أقترب لِمَ يريد إيصاله لي. أتم حديثه بقول: هذا ما يجب أن يكون في الأسرة الصغيرة، ولكن إذا اختلت هذه الموازين فقد ينتج عن التربية أبناءً غير أسوياء.

قلت مستفهمًا: كيف يمكن لهذه الموازين أن تختل؟ فأجاب كأنه كان ينتظر سؤالي هذا: مثلاً، إذا كان في المنزل أمان، يعني الام الأم التي حملت والأب الذي يتعامل برطوبة كأنه أم أخرى،

فماذا ستكون النتيجة؟ حتماً أبناء ذوي قلب ضعيف وبدون شجاعة في الشارع وفاقدين للحس الرجولي، أما إذا كان بالعكس، يعني أن هناك في المنزل أبوان، أقصد الأب الذكر ثم الأم القاسية التي تتعامل كأنها أبٍ ثان، فأكيد أن الأبناء سينتج عنهم أشخاص قساة، يفقدون الرحمة واللطف، لا يشعرون بقلب الأنثى. هكذا اتضحت لي فكرته جيداً وفهمت المغزى من جملته التي لم تكن بريئة كما ظننت في بادئ الأمر.

ثم أكمل مسترسلاً بعد أن شعر بكوني فهمت كلامه: أحيانًا، نجد في الأسرة الأم تتعامل بقسوة مع الأبناء، كأنها أصبحت أباً آخر، في هذه الحالة إذا كان الأب ذكي فإنه سيتبادل معها الدور ليصبح هو الأم، وهكذا حتى يوازن المعادلة، المهم أن الأسرة تتكون من أب وأم إلى جانب الأبناء وليس أُمان أو آبّان معهم.

الآن، لاحظني صامتًا غارقاً في التفكير وقاطعني في سفري هذا: في ماذا تفكر؟

أجبته: في السنوات الأخيرة، كثر الأشخاص الشواذ، الذكور الإناث، وإن تمعنا جيداً فسنلاحظ أن الأسر هي السبب. فسألني وهو يرتشف القهوة من فنجانه: وضّح أكثر؟ أجبت: الأسر أصبحت تحتوي على أمان بدون أب، وهذا ما شرحته منذ لحظة. الزوجان بعد الإنجاب يربيان أبناءهما بنفس الطريقة، اللطف الزائد في التعامل، الحب غير الضروري من الطرفان ...

الأبناء أصبحوا يشعرون أنهم تحت تصرف أنثى فقط في المنزل، ليس هناك معهم أب، فكيف لهم أن يتعلموا معنى الرجولة

أو القسوة مع الحياة أو التصدي لمشاكل الشارع، هم لا يعرفون معنى ذلك ... وهكذا ينتج عن الأسرة إناث فقط، إناث بمعنى إناث، وذكور هم أيضًا إناث، لأن الكل تلقى تربية أنثوية...

حين أكملت الحديث، كان هو أيضًا قد أكمل فنجان قهوته ثم قال أحسنت استنتاجًا، والآن قد وصل الوقت لنغادر. غادرنا المقهى ونحن نودعه إلى لقاء قريب مع موضوع آخر وركبنا السيارة وعدنا منازلنا ...

وهكذا

استيقظت صباحاً باكراً، بدأت أستعد للانطلاق نحو العمل كما العادة، لا أستغرق في الاستعداد سوى بضعة دقائق، كل ما يتطلب مني سوى التوضؤ والصلاة وتغيير الملابس وأرش عطرًا تفوح رائحته لأطول مدة ممكنة ثم حمل حقيبتي والتوجه نحو الباب. هذه المرة بعد الوضوء توجهت إلى المرآة، لكن المفاجأة هنا، هذا الصباح زارني ضيف جديد، رسول نذير وبشير. كان شعرة بيضاء وسط شعر رأسي الأسود، كان يبدو كأنه...

ولأني وحيد في المنزل، توجهت له بسؤالي: من أين بعثت يا هذا؟ وفي دهشة مني، سمعت صوتاً يجيبني ويقول: ألم تكن في انتظاري؟ لم أصدق ما يحدث حولي، أتكون الشعرة البيضاء تحدثني، هذا مستحيل، من أين خرج هذا الصوت؟ بدأت أدور حولي وأتفحص المنزل والنوافذ، فربما شخص معي في المنزل لم ألاحظ وجوده، اختفى الصوت، عدت للمرآة أتمعن في ضيفي، ومرة أخرى ذات الصوت يقول: ما لك لا تصدق؟ أنا ضيفك اليوم، أنا نذيرك، أنا الذي انتظرت ٢٧ سنة كاملة حتى أظهر لك، اليوم أذن لي بالمجيء.

كان الصوت يصدح في المنزل وأنا في دهشة أسمع وأحاول فهم ما يقول، لكن أردت أن أتأكد من مصدر الصوت فسألت وأنا لا أصدق نفسي أن أحدًا سيجيبني: من تكون؟ أنا لا أراك؟ وكما لم أتوقع، أجابني الصوت: أنا ضيفك، أنظر فوق رأسك، ألا

ترى غريبا زارك اليوم؟ أجبت وأنا أشعر كأني أصبحت أحمقاً أحدث شعرة لا حياة لها: أ أنت الشعرة البيضاء فوق رأسي؟

أجاب الصوت كأنه ينكر عدم تصديقي: ومن تظن أكون؟ نعم، أنا ضيفك الذي سيبقى معك إلى مماتك، أنا زائرك، جئتك أبشرك ثم أنذرك وأحذرك، فهل ترحب بي؟ أهلاً وسهلاً، فقد رحبت بنفسك فمالي ألّا أرحب بك وما لك أن ترحل، فقد وصلت وأنت الآن في بيتك، ولكن أخبرني كيف أنك جئت تبشرني بماذا تبشرني؟ وقلت تنذرني، من ماذا يا هذا؟ الآن بدأت أنسجم مع الصوت، فكأني أحدث شخصاً أمامي، فحتى صورتي على المرآة لم تعد تتحرك.

توقفت بدون حراك وفاها مغلق والحيرة تظهر على وجهها والعينان مفتوحتان على آخرهما، والجفن توقف على الانغلاق والانفتاح، كأن كل جسد تلك الصورة توقف للاستماع. أجابني الصوت وفي حزم: جئت أبشرك بأنك الآن بلغت أشدك، لم تعد طفلاً صغيرًا أو شابًا مراهقًا مازال يبكي كلما سقط منه القلم. صمت الصوت وساد هدوء في المكان، كنت أنتظر أن يكمل حديثه، ثم قلت: هذا ما تبشرني به، أكمل حديثك، من ماذا تنذرني أو كما قلت أيضاً تحذرني؟

كأن الصوت كان يعلم عدم صبري على الصمت، أجاب مباشرة بعد آخر كلمتي: أنذرك، فقد مر وقت طويل من وجودك على قيد الحياة، ما بقي لك سوى القليل لتعيشه، أنظر للوراء كم عام حييته وكم سنة عشتها، لم يتبق أكثر مما مر، وجئت أحذرك

مما ستعيش وفيما ستجتاز أعوامك المتبقية، حاسب نفسك على ما مر، وأنسى لحظات المر، وامضي قدماً، أحذرك أن تعيش كما سنواتك المتبقية فيما لا يرضى الله، أحذرك من وساوس الشيطان، وأحذرك من لدغات عقارب الساعة.

هنا بدأت أستوعب ما يدور حولي، وأفكر في الوقت الذي مضى بسرعة، فما أزال أشتاق أن أكون طفلاً، ذاك الطفل الذي يخرج للعب تحت شجر الزيتون، ثم تناديه أمه ليعود للبيت فالشمس حارقة وتخاف عنه من الغرباء، ما أزال أشتاق بأن أحمل محفظتي الثقيلة وأتجه للمدرسة أصل متعباً قبل ساعة من بداية الحصة وألتقي بالأصدقاء نلهو ونجري وراء كرة مدورة مصنوعة من الجوارب وبعض الثوب القديم الممزق الذي نجده في محيطنا، ما أزال أشتاق بأن أعود للمنزل متأخراً وأجد أمي تنتظرني وقد وضعت إبريق شاي مع خبز وشيء من الطعام فوق طاولة خشبية أكبر مني عمرًا، ثم ألتهم الطعام بسرعة لأخرج من أجل إتمام اللعب مع الأصدقاء الذين هم أيضاً يخرجون من بيتوهم يهرولون. أيا عمرا، ما لك تجري هكذا، فما زال في المنعطف عناقيد للحل ... بدأت أشعر بقيمة الوقت، بدأت أحس بثمن لدغات عقارب الساعة، فكأنما تنشر فينا سمها وتقتلنا ببطء. ها أنا اليوم أشعر أني كبرت وأن حياتي لها ثمن أنا مسدده، فما تبقى من دقائق في هذه الحياة سيكون لها شأن عظيم، لن تضيع كما ضاعت التي مرت.

في كل هذا الوقت، كان الصمت يعم كل المنزل، لم أكن أشعر بما حولي، فقد كنت أرى مباشرة في ضيفي وأسرح في التفكير، ثم نطق مرة أخرى هذا الرسول وفي كلامه شيء من الوداع رغم

أنه أخبرني من قبل أنه سيبقى معي إلى الممات: ها أنا بشرتك وأنذرتك وحذرتك، ولم يتبق لي سوى أن أصمت، سأكون أمامك دائما، حتى إن نزعتني من جذوري فسيأتيك إخوتي، سيعج المكان بهم، سنكون هنا من لتذكيرك بهذا التحذير، فإياك والنسيان، مازال هناك متسع من الوقت حتى ترجع لخالقك وتربح أخراك.

هكذا صمت الصوت، وبدأت أمعن النظر في صورتي على المرآة، فجأة رن الهاتف، نظرت للساعة لم يتبق سوى خمس دقائق على بداية العمل، أنا متأخر، حملت حقيبتي وخرجت مسرعاً وأنا لا أصدق ما عشته في هذه اللحظات الأخيرة...

وهكذا

في هذا الموضوع لم أجد بداية، حاولت مراراً أن أستحدث عبارة مناسبة لأبدأ بها كتابة قصتي لكن بدون جدوى فتركت لك الخيار، يمكنك أنت اختيار بداية مناسبة بعد قراءتها إلى النهاية. قبل بدئي في كتابة هذه السطور، جاءتني فكرة موضوع جميل وكم مرة حاولت شرحه للأصدقاء لكن أشعر أن الفكرة لا تصل، فربما لا أمتلك الكلمات المناسبة.

لكن دعني أجرب معك، لعل فكرتي تصلك بشكل واضح وربما تساعدك في بعض المواقف في حياتك. أظن أني تأخرت عنك، اهدأ، فأنا هنا أنهيت مقدرتي التي لم أستطع كتابتها ولم أجد لها بداية.

تشعر أنك انخدعت هه، لا فقط جعلتك شخصية معي في هذا الاستهلال. لذلك فأنت اليوم ضيف عندي هنا، وأرجو أن تستمتع معي، لذلك اجلس مرتاحًا وسأقدم لك شراباً، ماذا تفضل قهوة أم شاي؟ لابد أنك ستختار القهوة؟ أظن أنك تسرعت في الاختيار، لكن انتظر، ماذا تعرف في أنواع الأشربة؟ أكيد أنه لا يوجد فقط القهوة والشاي، ولكن وضعتك بين احتمالين، أرغمتك على اختيار أحدهم، إما قهوة أو شاياً، لذلك ستجيب بأحدهما لا ثالث.

إذا كنت قد اخترت القهوة، فإن هذا الاختيار سيبقى يسير معك ما دمت أنا بجانبك. إذا قام أحدهم بوضعك بين احتمالين A وB، لا تختار، أو اختر ثالثاً.

لا تفضل أو لا تبرر اختيارك، أظهر أنه اختيار عشوائي. حاول أن تشرب القهوة والشاي وعصير الليمون والأفوكا، جميع الأشربة تذوقها.

أظن أني تأخرت في المجيء بشراب هه، ألا تشعر أيضًا بالجوع؟ أود أن أطهي لك شيئاً، ماذا تفضل في الأكل؟ طبعاً، ستقول أنك لن تفضل، لكن اختر طعامًا جديدًا، لا تفضل أكلاً على آخر، ولكن تذوق الأكل الشمالي والصحراوي، تذوق السوشي والجراد المقلي، تذوق البامباس والكتكوتة، تذوق جميع الأنواع...

ما هو لونك المفضل؟ اختر أي لون تريد، لن أضعك بين احتمالات، ربما ستختار الأبيض أو الأسود أو غالباً ستختار الأزرق، حاول هذه المرة أن تختار، ماذا لو أخبرتك أن أغلب من يختارون لوناً مفضلاً فهم يختارون لون لباسهم في تلك اللحظة أو إذا لم يفعلوا فهم غالبًا سيتحكم اختيارهم في لون لباسهم فيما بعد.

أنت أيضاً بعد أن تختار لوناً مفضلاً، فكلما دخلت متجرًا للملابس ستبحث قميص بذات اللون أو سروالاً بنفس اللون، ستصبح مرغماً على شراء نوع من الملابس دون أن تشعر. لذلك لا تفضل أي لون على آخر، ولا تفضل لباسًا على آخر، ارتدي جميع الألوان واختر لنفسك جميع أنواع الملابس، كلها ستليق بك...

الآن سأطرح عنك السؤال بطريقة أخرى، ما هو الفريق الذي تشجع في عالم كرة القدم؟ البارصا أم الريال، الرجاء أم الوداد، الأرسنال أم فريقا آخر تعجبك طريقة لعبه، يفوز بالألقاب والمباريات، يمتع العين، يلعب بالتيكي تاكا والمرتدات، يسجل الأهداف ...

هذه مجرد تبريرات على اختيارك، التي لن تدوم مع الفريق في المقابل سيدوم تشجيعك لهذا الفريق. لا تشجع أي فريق، شاهد المباريات الجميلة واستمتع بها، لا تحصر نفسك في فريق، كل الفرق تمر عليها السنين تتغير، يتغير مدربها ومديرها، يتغير لاعبيها وطريقة لعبها وكل شيء.

شاهد المباريات الكبيرة واستمتع باللعب والألقاب مع جميع الفرق، كن مشجعاً فائزاً، لا تكن خاسراً أبدًا ...

لا تفضل أي نوع من الموسيقى، استمع لجميع النغمات، استمتع بحنجرة فيروز وتمتع بموسيقى كناوة، تأمل بالألحان العربية الهادئة وارقص على الموسيقى الصاخبة، استمع لناي الهنود الحمر وتمتع بمقاطع زرياب ... كل الموسيقى جميلة، لا تفضل بينها ...

لا تفضل بين الكتابات، اقرأ الروايات والقصص القصيرة، اسرح مع الشعر والخواطر، استفد من كتب التنمية الذاتية والكتب متعددة المواضيع ... أقرأ كل الكتب وأنواعها ...

الآن، وصلت للختام، ماذا تفضل؟، أن تكمل القراءة معي فيما تبقى من السطور أم لا؟

لا تفضل شيئًا ...

وهكذا

سليم شاب في مقتبل العمر، هو الآن طريح الفراش، كان يعيش حياته بشكل عاد لكن فجأة انقلبت أيامه رأسا على عقب. بدأت قصة حياته بعد أن حصل على شهادة الباكالوريا في شعبة الفيزياء سنة ٢٠١٤، حينها أخبر بها والداه وفرحوا له كثيرًا، خاصة أمه التي كان يعتبرها مثل صديقته، كان يناديها باسمها حليمة، هذا يقربه أكثر منها، ويكن لوالده احترامًا كبيرًا ويكاد يعرف اسمه محمد، منذ أن بدأ يتذكر نفسه وهو يناديه ب "أبي" والناس الآخرون ينادوه ب "با أحمد" نظرا لاحترامهم له ولسانهم الأمازيغي.

سليم يعيش في أسرة بسيطة وحياة بسيطة، حليمة ربة بيت مثالية ووالده يبحث عن لقمة العيش من التأجير لدى الآخرين في أعمال مختلفة، وأما سليم يدرس. بعد الباكالوريا كان عليه التوجه لإتمام دراسته في كلية العلوم بمدينة وجده، اختار شعبة الفيزياء وأراد أن يجتهد فيها لأنه كان يحب هذه المادة.

بدأ الدراسة، في أول الأيام تعرف على بعض الزملاء، منهم شاب في مثل عمره، اسمه حميد، هذا الشخص كان من أبناء المنطقة الشرقية، من نواحي فكيك، كان شابًا أسمر قوي البنية، عكس جسد سليم النحيف تماماً. كانت فرصة أن يكتري معه نفس الغرفة.

كما أنه تعرف على أسماء، بمجرد صدفة وكانت هي أيضًا تقوم بالتسجيل لدراسة الفلسفة. مرت شهور على بداية الدراسة وكان سليم يحاول حضور جميع المحاضرات حتى يتمكن من النجاح بتفوق وهذا ما حدث بالتأكيد في نهاية الموسم الأول. طوال الموسم، كان كلما احتاج مصروفه الشهري يتصل بـ با أحمد، ويرسل له النقود مباشرة في أحد البنوك. في صيف ٢٠١٥.

قرر أن يبحث عن عمل بسيط ربما يجني منه بعض المال من أجل أن يعين والده في مصروفه. طرح الفكرة على حميد ووافق مباشرة، توجها لبعض المعامل، وسألا كثيرًا، اجتازا مدة أسبوع تقريباً وهما يبحثان وأخيراً في إحدى الليالي دخل حميد إلى المنزل وقال لسليم: لقد وجدت عملاً، أحزر في ماذا؟

أجابه وهو يشعر بالسعادة: بسرعة، أخبرني في ماذا؟

فرد عليه: وجدنا فرصة عمل في ورشة بناء.

فتمتم سليم بين شفتيه: ماذا عساي أقول لك، ولأني أول مرة سأعمل مثل هكذا عمل.

وافق على الفكرة رغم أنه يعلم صعوبة الأمر. عانى كثيراً بسبب جسده الضعيف، رغم أن حميد لم يبخل عنه بالمساعدة أحيانًا. هكذا مر الصيف وبدأ الدراسة من جديد وكان عليه التركيز على دراسته. كان سليم كلّما ذهب لوالديه، يستقبلناه بابتسامة عريضة رغم أنه يعلم أنهما يصارعان أمواج اليأس والتعب.

مرت ثلاث سنوات منذ أن دخل الجامعة وها هي جهوده تكللت بحصوله على إجازة في شعبة الفيزياء بميزة حسن. سعد كثيراً لذلك، رغم أن حميد لم يتمكن من الحصول عليها وتبقى له بعض المواد إلى السنة التالية رغم ذلك فرح بتخرج صديقه. قرر سليم عدم إخبار والديه قبل عودته إلى المنزل. لم يطق الانتظار، فعاد الى المنزل في نفس اليوم، دخل المنزل وإذا به لم يجد أحدًا، اتصل بوالديه، وردت عليه حليمة: أهلاً سليم، كيف حالك؟

أجابها: أنا بخير، أين أمي وأين والدي؟

فأخبرته: أنا في المستشفى.

هنا بدأ خفقان قلبه وضرباته تتسارع وسألها: ماذا تفعلين هناك؟

فردت بصوت منخفض: أنا مع والدك، لقد أصيب في حادث عمل. أقفل عنها السماعة، وخرج مسرعاً من المنزل نحو المستشفى، دخل وإذا به يجد والده قد كسرت قدمه بعد أن سقط عليه شيء ثقيل في العمل.

انتظروا بضعة أيام وعاد والده إلى المنزل وها هو يستطيع المشي على قدمه بعد أن أزال الجبيرة، ولكن لم يعد كما كان، أصبح ضعيفاً لا يقدر على العمل. هنا شعر سليم أن المسؤولية انتقلت من الأب لابنه كأن صخرة ثقيلة هوت على رأسه دون أن يستعد لها، وها هو سليم أخذ مفتاح المسؤولية على كاهله. بدأ يبحث عن عمل، والأفكار تسقط عليه واحدة تلو الأخرى: أنا الآن مجاز وأمتلك دبلوما في شعبة الفيزياء، ماذا يمكنني أن أعمل؟ أكيد لن

أعود لورشات البناء، فقد عانيت كثيراً منها خلال شهور الصيف، كما أنها كانت سبب حادثة والدي.

بدأ سليم يفرق سيرته الذاتية على شركات مختلفة ويبحث في الإنترنت عن فرص العمل ربما يحالفه الحظ في إحداها. اجتاز أكثر من شهرين بدون حظ، خلال هذه المدة كان يبيع متجولًا بعض الحلوى والمناديل الورقية.

سليم كان يخفي سراً لم يخبر به أحداً، سليم كان يحب أسماء، نعم، أسماء، الطالبة التي تعرف عليها في أول يوم لي في الجامعة، نعم هي، لقد تعرفا على بعضهما وكانا يلتقيا أحياناً في خارج الحرم الجامعي ويسألا عن بعضهما وعن نتائجهما وأين وصلا في الدراسة، أسماء كانت فتاة لطيفة جداً، لم يتعرف من قبلها على أي أنثى، في الحقيقة أحبا بعضهما ولم يكن أحدًا يعرف بهذا الحب، تركا هذا الحب سراً، لم يكن بفشيه حتى لبعضهما، وعدها بالزواج بعد حصولهما على الإجازة، وحقاً حصلا هم الاثنان على الإجازة في نفس الشهر.

ها هو اليوم، ينتظر إيجاد عمل حتى يستطيع الوفاء بوعده لها ويستطيع تحمل مسؤولية العائلة. أسماء أيضًا لم تستطع إيجاد عمل، وخاصة أن الإجازة في شعبة الفلسفة في بلدنا تعتبر منبوذة، فكم حاربتها بعض الأيادي الخفية، وأصحابها لن يجدوا عملاً بهذا الدبلوم إلا في أمر واحد وهو التدريس في الثانوي التأهيلي، رغم أن التدريس هو الآخر لم يعد وظيفة مستقرة. مباراة التعليم فرصة واحدة في السنة، استعدا كلاهما لها، أسماء تقطن مع عائلتها

وكانت تجد وقتا للاستعداد، أما سليم، فكان قليلاً ما يجد وقتاً للاستعداد بسبب بحثه عن عمل يتمكن به من أن يعيل والداه وأيضاً كان يمضي وقته في التجول لبيع تلك الأشياء البسيطة، ربحها لا يكفي حتى لقوته وحده.

وصل وقت اجتياز مباراة التعليم، اجتازا المباراة وانتظرا نتائج المباراة في شقها الكتابي، ها هم يعلنون عن النتائج بعد منتصف الليل وبعد تعب الانتظار، اتفق سليم مع أسماء على أن كل منهما يبحث عن اسم الآخر، كشف سليم عن لوائح شعبة الفلسفة، وبدأ يبحث عن اسم أسماء وبقفزة فرح وصرخة بدون شعور، وهو يحدث نفسه: نعم لقد اجتازت هذا الجزء بنجاح.

راسلها على الهاتف مباشرة: مبروك أسماء، وانتظر رسالتها بأن تبارك له أيضًا، تأخرت، ذهب للبحث عن اسمه، بدأ يبحث في لوائح شعبة الفيزياء، لا شيء، ربما مر عليه دون انتباه، قرأ جميع الأسماء واحداً تلو الآخر، لا شيء، لم يتمكن من النجاح، أمر محزن، تساقطت بعض الدموع فمسحها بسرعة.

فرح مع أسماء ورفع يداه داعيًا الله لها بالنجاح في الجزء الثاني من المباراة، أكد عليها أن تستعد جيدًا، لم يتبق شيئًا حتى تكون أستاذة لمادة الفلسفة، الامتحان الشفوي كان على بعد عشرة أيام من إعلان نتائج الجزء الأول، ذهبت أسماء واجتازت الامتحان، سألها كيف كان، فردت أنها أجابت بشكل جيد، هكذا يزيد الأمل. بدءا ينتظرا النتائج النهائية، خلال كل هذه المدة كان سليم يفكر في ماذا عساه يعمل، فرصة مباراة التعليم تشبه هلال

رمضان، مرة في السنة، ماذا سيعمل في كل هذه المدة، فكل الشركات التي وضع عندها سيرته الذاتية، لا أحد منها فكر أن يراسله حتى. وصل يوم النتائج، على الأقل سيفرح مع أسماء، النتائج كما العادة، تلعب على الأعصاب، إذا أخبروك بأنهم سيعلنون عن النتائج يوم كذا فلابد أنك ستنتظر على الأقل ٢٤ ساعة أخرى وأنت على أعصابك.

وصل الوقت وها هي الأكاديميات بدأت تعلن عن النتائج واحدة تلو الاخرى، كما العادة أكاديمية الشرق هي الأخيرة، واللوائح على الإنترنت، بدأ سليم يبحث عن اسمها ويتمتم: الصفحة الأولى غير موجود، إذن في الصفحة الثانية، لا شيء، أكيد أنه في الصفحة الأخيرة، لا شيء.

أعاد قراءة اللوائح، لا شيء، نعم هي أيضاً لم تتمكن من النجاح مع الأسف، فقال وهو يحدث نفسه: لا بأس، سنعيد الكرة في السنة القادمة. لا أحد يشعر بك خلال هذه الخيبات، تفكر في هذه المدة التي أضعتها في الاستعداد وأنت تظن أنك على أتم الاستعداد لكن الأمر غير ذلك.

ما زالت فكرة كيفية إيجاد عمل له تدور في دماغه دون توقف، فقوت العائلة بدأ ينقص، وتجارته البسيطة غير كافية، وأسماء تنتظر الوفاء بوعده، والمجتمع يرى فيه شخصًا ضعيفاً لأنه عاطل عن العمل. كل المسامير تطرق في ظهره، لكن سليم مازال صامدًا يتمم مسيرة الحياة ويتوكل على الله. آخر مسمار

سيتم دقه في رأسه، اتصال من أسماء: أهلاً سليم، أريد أخبرك بأمر، سألها: ماذا هناك أسماء؟ صوتك لا يعجبني.

ردت وصوتها ممتلئ بالانكسار: لقد تمت خطوبتي اليوم، والدي وافق على الزواج.

هذه آخر جملة تذكرها منها، انفعل مكانه، بدأ يصرخ ملئ حنجرته: لا يمكن، لماذا يحدث معي هذا؟

سقط أرضاً، ولم يعد يشعر ماذا حدث بعدها حتى وجد نفسه في المستشفى ووالديه بجانبه.

أخبراه أنه بخير، مجرد إغماء ثم أخذاه للمستشفى. شعر بالتعب وأراد العودة للمنزل، أعادوه بعد أن وافق الطبيب. بعدما دخل إلى المنزل، ارتاح قليلًا ثم تفاجئ بدخول شخص عليه، إنه حميد، عرف خبر إغمائه عن طريق با أحمد، بعدما اتصل بهاتفه وأجابه والده. سأله كيف يشعر، فأجاب سليم:

ها أنا الآن أمامك، أظن أني تحسنت قليلاً، أشعر بحالة جيدة وأنا أتحدث معك. أسماء لم تعد لي، أخذوها مني هي الأخرى، والدها لم يسمع لها حتى، فقد باعها. أما أنا سأبقى أحبها إلى أن أفقد ذاكرتي، ربما سأنساها حينها. أما عائلتي، فهي من أعانتني وماتزال تفعل، سأستطيع، سأجد عملًا، اليوم، فأنا وصي العائلة.

الفهرس

www.ingramcontent.com/pod-product-compliance
Lightning Source LLC
LaVergne TN
LVHW092020190726
843493LV00002B/513